不做梦的群星

全球华语科幻星云奖组委会／编

万卷出版有限责任公司
VOLUMES PUBLISHING COMPANY

图书在版编目（CIP）数据

不做梦的群星 / 全球华语科幻星云奖组委会编.

沈阳 ：万卷出版有限责任公司，2025. 5. -- ISBN 978
-7-5470-6796-3

Ⅰ. I247.5

中国国家版本馆CIP数据核字第2025HY0617号

出 品 人：王维良

出版发行：万卷出版有限责任公司

　　　　　（地址：沈阳市和平区十一纬路29号　邮编：110003）

印 刷 者：辽宁新华印务有限公司

经 销 者：全国新华书店

幅面尺寸：145 mm × 210 mm

字　　数：180千字

印　　张：8.5

出版时间：2025年5月第1版

印刷时间：2025年5月第1次印刷

责任编辑：王　越　李京涛

责任校对：刘　璠

封面设计：平　平

版式设计：李英辉

ISBN 978-7-5470-6796-3

定　　价：45.00元

联系电话：024-23284090

传　　真：024-23284448

目录
Contents

不做梦的群星

迟卉

一、牧人

四月，棉城。

牧人正带着她的羊群，穿过半荒芜的城市。

杂草吞没了铁路，覆满桥面。粉色的酢浆草盘踞在开裂的花坛里，凭借地理优势抵御着狗尾巴草和鸡爪草的双重进攻。拉拉秧占据了曾经铺着枕木碎石的地面，肆意地在贫瘠的泥土间展开它掌形的叶片。一片爬山虎横过栏杆，缠绕着电线，一路攀上电线杆的顶端，又如瀑布般垂落下来，在桥头织成一道绿色的帘幕。

铁道下方是一条普通的下穿隧道，路面上已经爬满了青苔，灰灰菜正不屈不挠地从开裂的水泥路面的缝隙里探出头来，极力从人类的造物中收回大自然的阵地。

牧人带着她的羊群穿过隧道，爬上缓坡，来到一处视野比较开阔的地带。从这里可以看到高新区中央那九座高耸入云的梦塔，以及交织在梦塔四周的那些半透明的运输轨道网。这些轨道网沿着银白色的支架向地面延伸，又顺着塔身盘旋向上，将梦塔包裹起来。

在梦塔四周，快递无人机像蜂群般飞来飞去。所有的繁华都集中在这里。而向远处望去，是空寂无人的城市和被改造成牧场的绿地公园。

牧人找了一张长椅，悠闲地坐了下来。

她清点着自己的"羊群"，十几个钢铁侠，三十几个奥特曼，还有四个高达。这些可定制外观的助行骨骼装甲里，装着的是一个个活生生的人类躯体。银色的线路网遍布装甲内侧，纤细的电极准确地刺激和引导着每一块肌肉，使这些躯体可以活动自如。跑跳、伸展、攀爬，一切都精准地控制在有益健康的范围内。在阳光不那么强烈的时候，这些装甲外壳还会变成半透明的，给里面的躯体补充足够的维生素 D。

在这个过程中，这些躯体的意识可以一直沉浸在全方位虚拟世界的深处。他们或许在群星间遨游，或许在疆场上驰骋，或许在与爱人共度浪漫时光。全息头盔可以从视觉到味觉为他们提供全面体验，将他们带到天空之上、群星之间、深渊之底。

牧人曾经去过元宇宙的魔法世界。在那里，每迈出一步都会在空气里踩出一圈异常坚实的波纹，风会在脚下凝固成玻璃，而你可以踏着长笛的鸣唱走进极光流淌的天穹。

幻梦无远弗届，只不过你还是会把身体留在这世界，像一个心甘情愿的木偶，一个幸福快乐的血肉发条娃娃，将自己身体的控制权双手奉上。相信有助行外骨骼装甲会帮助你保持躯体的永远健康。

很多商家都提供"躯体放牧"的业务。而牧人效力的公司不过是这其中之一。她喜欢这份工作，因为很轻松，还可以四处走，而且报酬丰厚。

在手机上检查了一下羊群里每个人的健康状况，牧人安心地开始忙起了自己的事情。

这个城市广场荒废已久，然而用于锻炼的体育器械却是新装的。广场上到处是叶片和花朵，斑驳的阴影下蚂蚁飞快地爬过，蜜蜂和毛茸茸的雄蜂在枝条间肆意飞舞。阳光像温热的水流般移动着，阴影随之改变。

在一处背阴的角落里，她找到了今天要采样的苔藓。

那些毛茸茸的绿色小叶片像宝石一样透明，她用镊子小心地拔出两株，连同假根上的泥土一起放进标本瓶。然后从背包里拿出仪器，把它插在这片苔藓的旁边。随后开始给仪器登记、编号，最后接入自己编写的监控系统中。

接下来的一周，她都要在这附近放牧，这些仪器会忠实地记录下苔藓生长区域的温度、空气湿度、土壤湿度及光照强度。这些资料可以给她的样品库再增加一组珍贵的数据。

在她的身旁，两个高达正在做俯卧撑，一个钢铁侠在做引体向上。

轻柔的铃声在身后响起，她应声回过头去。

一架小巧的信使无人机悬浮在半空，四片旋翼下方挂着精巧的吊舱。这时舱盖滑开，一张明信片落到她的掌心。

明信片的正面印的是一片褐色的荒原，背面只是潦草地写了几个字，还有一个更潦草的签名。

7月4日

冷湖

天文台

　　蜘蛛

牧人拿着那张卡片，沉默良久。

然后她打开公司的考勤软件，开始写辞呈。

二、蜘蛛

四月下旬，阳光里的温暖开始渗入冰雪覆盖的大地。灌木丛里，毛茸茸的新叶小心翼翼地舒展开来，从南方回归的山雀落在枝头，唱起今年的第一首新歌。

曲曲折折的山路旁，雪水汇集成小溪，淙淙流淌。清澈的溪水涌入明渠，一路奔向开始融化的河流。

封冻了整个冬天的冰层由于阳光的照耀而变得脆弱，冰面渐次破裂，冰块在水流的推动下碰撞着、推挤着，发出"咔嚓咔嚓"的声音，一路奔流，扑向堤岸。高高地堆积起来，又瞬间塌落下去。

没有面孔的男人站在河堤上，向下看着。

深绿色的"蜘蛛"们听到他的召唤，从原野的四面八方汇聚而来，它们爬上堤岸，如同温驯的老牛一样围绕着他。每一只"蜘蛛"的腹部都在阳光的照耀下泛出半透明的珍珠白，隐约可以看到里面被包裹着的蜷缩成胎儿姿势的人体。

渔网一样的银色电路从他们的后颈散布到全身，最后接入"蜘蛛"胸口的集成电路上。

很多人都喜欢这种定制的长途旅行：只需下一份订单，把躯体交给这些巨大的"蜘蛛"，你就可以回到元宇宙里享受生活。"蜘蛛"会把你从一个城市搬运到另一个城市，等你醒来的时候，已经达到目的地了。

后来，"蜘蛛"的业务拓展到了更广泛的领域：如果你不想住在大城市里，就可以买一只"蜘蛛"，让它带着你的躯体在荒野中游荡。全套的维生设备会确保你的身体健康。你还可以时不时地出来运动一下，非常完美。

由于能利用阳光产生太阳能，所以"蜘蛛"比房子便宜——至少比梦塔里的房子便宜很多。

没有面孔的男人将一枚枚小小的"纽扣"粘在"蜘蛛"的头部，然后挥手遣散了它们。闲置的算量通过以太网汇聚到一个私人服务器上，用于计算轨道、燃料、气动外壳和引力参数。

很多年前用真空管计算机做的工作，在这里被分配给了"蜘蛛"。

此时人们安然入睡，茫然不知。

没有面孔的男人用"蜘蛛"的 ID 登录了服务器，他发现"牧人"已经发送了明信片的回执,这至少证明她确实是个留在现实中生活的人。在十五张卡片石沉大海后,他终于又找到了一个愿意去冷湖的同伴。

他给"牧人"发了一段简短的留言。然后就去看她提交的另一份文件——那是一组新的苔藓数据。从生长环境到DNA序列一应俱全,甚至还包括了和这种苔藓共生的真菌和昆虫的数据。

归档,导入,他做这些事已经很多年了,所以非常熟练。

这些苔藓数据被导入到一个新的转基因模型中,很快一组模拟数据在服务器上生成并开始迭代。

从这些苔藓的原生地到他们设定的目标地点,一共被分割出了256个环境层级,这些环境层级逼迫着苔藓在模拟环境中飞速进化,但这种进化算法需要的算力也在飞速增长。"偷来的蜘蛛算力还是不太够。"他想。

点开上一批苔藓生成的稳定数据,他看了一眼。

在无休止的狂风和对流云团中,一片片金黄色晶体随着风上下飞舞。它们柔韧的蜡质外壳内部包裹了较轻的硫化氢气体,这使得它们可以保持在空中而不至于落地。如果被气流带得太高,寒冷会让这些晶体生成的硫化氢气体减少,从而回落到温暖的云层中。

这些晶体曾经也是某种地球苔藓，在漫长的迭代进化之后，叶绿素变成了叶黄素，叶片外的蜡质变成了外壳，最后连假根都消失了。共生的真菌被植株内部吸收，叶片拉长变薄，仿佛一根羽毛。每一个植株都像是一只无足的飞鸟，在狂风中久久地盘旋着。

从模糊的想法，到现在的迭代结果，男人花了十五年的时间。起初他的做法更像是异想天开，把蜘蛛、甲虫甚至是鸟类拿到环境中迭代，得出的结果可以说是少儿不宜。

牧人的加入是一个转折点。她带来了丰富的藻类和苔藓学知识，从那一刻起他们的计划开始走向实际。

没有面孔的男人关闭了登录界面。骑上摩托，沿着河堤出发。虽然公路年久失修，但河堤坚固依旧，他今天应该能在日落前赶到下一个"蜘蛛"农场。

他们接下来要做的事情需要更多的算力。

所以他需要更多的"蜘蛛"。

手机里响起了一阵短促的提示音，是论坛的收件箱更新了。

"腿哥"发了个回执。

这样就有四个人了。他想："至少四个。"

三、腿哥

无人机送来明信片的时候，腿哥正在元宇宙里卖外挂[1]。

他刻意选了一个霍比特人角色，开了加速挂之后，两条短腿转成了风火轮。他跑着跑着就飞上了天，追上了前方正在开着战斗机冲向目标地点的一名玩家。

"大哥，要挂吗？"

这个元宇宙区域的拟真度相当高，他清楚地看到了对方脸上呆滞的表情。

陪着战斗机跑了一会儿，他被踢下线了。

这次推销不太成功，不过腿哥也并不在意，他咧着嘴傻乐，继续去下一个游戏里捣乱。

他卖挂，而且只卖加速挂。他号称能用两条腿跑赢一

_____

1　外挂：虚拟游戏中的作弊手段。

切，因此人称"腿哥"。

曾经有人找他做某个游戏的加速挂，进去之后他发现只有载具没有人类角色，也就是说，没有腿。于是他把这单拒了。

腿哥卖挂随心所欲，全看心情。毕竟这并不是他的正式工作。今天运气不好，卖了一下午的挂，一单也没做成。于是他退出了元宇宙，摘下全息头盔，回到了他宽敞的卧室里。

纽约，梦塔"唐纳德福音"第四十七层。从他的公寓落地窗可以看到半淹没在海水中的自由女神像；繁忙的港口，街道上川流不息的无人卡车，以及寥落无人的小巷；阴沉的云层被激光投影照亮，滚动着可口可乐、迪斯尼和卡拉什尼科夫的无声广告。

穿上防弹背心，在外面罩上黑色长袍，腿哥搭乘电梯到达梦塔底部，沿着街边的人行道走向未来大厦。

路上熙熙攘攘，自动卡车头尾相接，卸货机器人在货栈前忙碌，无人机在天空中像群鸟般穿梭，却从不会相撞。

只是这里看不到一个人。

他走了差不多半个小时，才看到一个人，和他一样穿着宽松的黑色长袍，不过还戴了一顶头盔。这种袍子可以把防弹背心遮在里面，也能很好地掩盖体形。毕竟现在街头最大的危险来自那些无政府主义的摩尔人，他们都有枪，但准头却不怎么样。

自然激进主义分子们虽然也有枪和炸药，但这些反技术战士不会来纽约，因为他们觉得这里是人间地狱。

步行了一个小时，腿哥觉得身上微微出汗。而他的目的地就在眼前——双子未来大厦。左边是人工生育中心，右边则是给那些瘾君子的专用梦塔，在那里他们不仅可以享受元宇宙的丰富生活，同时还有干净卫生的致幻药供应。

但这些不是免费的。

瘾君子们在元宇宙里创造的一切——那些充满迷幻色彩的绘画和音乐等艺术品，都被换成了各种精制的致幻药。对双方来说这是一笔合算的生意。

腿哥抬头看了一眼这两座高塔，然后走向了左边。"十七层。"他说，"抚育中心。"

如果说过去的医药公司包办了你从摇篮到停尸间的一切，那么现在它连摇篮之前的事都一手包办了。

左边这座塔的全称是"人工生育中心"，但是老纽约人都叫它"子宫塔"。全纽约98%的人造子宫都在这里，几乎所有的新世代美国人都是在这里出生的。

十七楼的抚育中心里，婴儿的哭声此起彼伏。

走廊两侧的玻璃墙是供游客参观使用的，进门时就可以看到人造子宫在暗红色的光照下排列成行，从受精卵开始直到足月的婴儿一应俱全。刚刚诞生的婴儿被放到传送带上，经过一系列检测合格后，开始注射疫苗和一系列激素，然后被送往抚育区。

抚育区由一个个篮球场形状的大厅组成，每个大厅里都有一条环绕流水线，上面定时会送来婴儿所需的奶瓶、尿布和其他用品。

一个个柔软的硅胶机器人母亲坐在流水线一侧，婴儿的摇篮在它们的另一侧。它们会按照特定的程序抱起婴儿，然后轻轻抚摸婴儿、摇晃摇篮、喂奶、换尿布。

腿哥知道一个判断婴儿月龄的诀窍：那些哭得歇斯底里的婴儿，多半是刚刚离开人造子宫，还在本能地寻求真正的母亲；而那些安静地躺在机器人母亲臂弯里的婴儿，多半就是认命了。

他走进自己的工作间，开始洗手，穿上无菌服装，戴好手套、帽子还有护目镜。他觉得自己也像是一个被包裹在塑料和硅胶薄膜里的机器人。

当他走进抚育间的时候，哭声立刻就小了下来。

哪怕出生之后从未见过真正的父母；哪怕硅胶机器人母亲柔软且温暖，还会喂奶和换尿布；哪怕从来没有接触过腿哥的皮肤，只有手套和无菌服，但婴儿们就是知道腿哥和那些机器人抚育者之间的不同。

腿哥走向第一个婴儿，把他抱了起来，开始轻轻地安抚。两分三十秒。

腿哥放下这个婴儿，走向下一个。

这些婴儿终究会长大。他们会被送往每一个订购他们的父母身边，那时候他们已经断奶不再哭闹，被喂养得乖顺灵巧，令人满意。有些父母为婴儿定制的是全成长期服务，这些婴儿终其一生都不会在父母身边出现，他们会在抚育区断奶，然后被送往美国各地的童子军营地。在那里有机器人教练陪着他们，这些机器人内置一百五十种育儿知识，足以把他们养大成人。

在这个抚育间里，如果不算这些婴儿，腿哥就是唯一的人类。他每天工作五小时，每周工作七天，陪伴每个婴儿两分三十秒。

这刚好满足《人工抚育法》规定的最低限度。

这份工作可以给他提供丰厚的报酬，足以让他能够在元宇宙里愉快地生活，闲暇时还能卖一些外挂。

他放下了手里的婴儿，此时的婴儿不哭不闹，只是在他走向下一个婴儿的时候用小手抓了抓他的裤腿。

无菌连体服表面很光滑，因此那只小手什么也没抓到。

五个小时后，腿哥准时下班。他在更衣室换上自己的衣物，拿上送到公司的包裹。这时他看到了那张来自大洋彼岸的明信片。

他登录服务器，来到讨论区，发现关于冷湖的讨论里，有一个他很熟悉的名字——"将军"。

在确定了将军就在冷湖之后，他立刻给"蜘蛛"发了回执，然后拨通上司的电话，请了一个长假。

四、将军

四月的冷湖，依旧春寒料峭。将军醒来的时候，天刚蒙蒙亮。他盯着天花板发了一会儿呆，然后慢悠悠地起身，坐在床边活动着手腕和脚腕，随后又轻轻拍打脸颊、脖颈、胸口和大腿。他想让血液循环快一点儿。感觉身体舒适了一些后，他才起身去准备早饭。

早餐是黑面包和卤牛肉，这东西比熏肠好吃多了。酒也从伏特加换成了本地的闷倒驴。现在并不是买不到伏特加，而是将军发现他更喜欢闷倒驴的纯正。

他不是个念旧的人。俄罗斯人只有不念旧，才过得开心。

吃过早餐，将军穿上外套，拿起手杖，走出了家门。自动快递车早上已经来过了，把他订购的货物和食品都卸在了门口的小平板车里。他并不急着取，而是沿着公路向天文台的方向走去。

旅游旺季的时候，这附近到处都是无人机、"蜘蛛"和义体，非常热闹。但现在就只有将军一个人。

远处的鹰在低低地盘旋着，或许它是发现了什么猎物。其实动物偶尔会来这里，但将军从不投喂，所以大部分动物不会在这里逗留太久。

天文台离将军住的地方并不远，被一些 20 年代兴建的旅店围绕着。在那时冷湖就已经是旅游胜地了，而这些天文台也因此获益不少。直到超城市化运动兴起，梦塔和元宇宙像磁铁一样吸走了所有的人。一部分科学家虽坚持的时间稍微久了一点儿，但最终还是被梦塔的宇宙模拟系统带走了。这里留下的大量的监测仪器，把源源不断的数据传输给了梦塔。

这些天文台兴建起来的时候，将军还不在这里，那时候他还在自己的故乡。当时的他还年轻，也不是将军，只是个刚刚从基辅罗斯战场归来的普通军官，因为出色的后勤服务而被授予了勋章。

20年代在俄罗斯搞后勤，难度堪比在美国禁枪。你要应付索贿者和行贿者，同时还要处理来自各方面的压力甚至是威胁。与此同时，前线的士兵们也等待着面包和伏特加，还有弹药、头盔和糖果。运输车队随时可能遇到敌人自制炸弹的袭击，甚至是来自自己人的误伤。

凭借着年轻人的干劲和从父亲那里学到的圆滑，年轻的军官一次次顺利地完成了几乎是不可能完成的任务，把士兵们需要的东西安全地送到了他们的手中。

他深谙处世之道，一路高升，最后成了将军。

"二十年能源危机"给了俄罗斯机会，将军满怀期待和自豪，见证着这个国家的复兴。然而在官僚系统中摸爬滚打多年的他也清楚，从坟墓里站起来的，不是过去那个充满梦想和骄傲的国家，而是一具用旧时代的旗帜遮掩饥饿丑陋的尸体。

他曾经走进寂寥无人的机库，"暴风雪"号锈迹斑斑的机体让他不禁幻想，给太空计划做后勤，会是多么有趣的事。

但在时代洪流面前，俄罗斯的新太空计划尚未开始就已经夭折了。对于传统能源出口占关键经济地位的俄罗斯而言，核聚变技术逐渐走向商用化，这个过程就像是眼睁睁看着断头台上的铡刀一毫米一毫米地落下来一样。

这是新时代对旧时代的绞杀，结局已然注定。

但俄罗斯仍然有一些别的国家没有的东西，比如一些旧时代留下的工业遗产。并不是所有的国家都拥有提取核聚变反应堆原料——氚的能力。

将军接下了这个重担，他和工贸部长联手开辟了核聚变原料产业。在其他国家的经济先后跌倒的时候，他们艰难地让俄罗斯跟跄着陆。将军把这件事视作自己毕生最高的成就。他觉得自己就是个后勤专业人员，能够给一个国家提供"后勤保障"，他这辈子值了。

退休后，将军在莫斯科住了一段时间。他本想在此终老，但突然发生的一件事改变了他的想法。

他每天早上都散步，有天早上刚走到梦塔附近时，一具义体拦住了他。那具义体应该是个年轻人，因为他用的是最近某个很火的日本动漫角色。虽然将军已经退休了，但他还没有老到和世界脱节的程度。他不知道这个小家伙是否就躲在旁边的梦塔里，但他知道这是一个遥控人偶，里面没有活人。

"请让一下。"他说，"我要过去。"

义体打开胸腔，从里面掏出一个桶，向将军泼了过去。将军没反应过来，就被桶里的白色颜料泼了个正着。

这时义体发出尖锐的笑声。眼眶里的摄像头转动着，似乎是在直播。

"大家快来看啊，这是一位该死的旧时代军国主义者，也许我应该带一些红漆来配他的军装。各位，这是我们反对战争、反对暴力的公开宣言……"

将军愣了一下。他已经退休了，穿军装不过是他日常生活中的一个习惯，而此时他却成为别人挑衅的目标，不过他还有另一个好习惯。

他拔出手枪，精准地射爆了人偶的脑壳。听到人偶还在发出声音，于是他又对着人偶的胸口补了一枪。

这下世界安静了。

随后，这件事给他惹来了一场官司，包括财产损害、公共场合非法持有枪械，还有各种匪夷所思的指控。好在他还有一些可靠的朋友，可以帮他处理这些麻烦。

当一切尘埃落定，将军决定离开这个让他失望的故乡，去别处看看。

就这样，他走遍了全世界。

彼时，梦塔已经在全世界的各个城市中拔地而起，但并不是所有人都能住进去。在贫民窟里，廉价的全息头盔遮罩着缺乏锻炼甚至已经开始腐烂发臭的躯体。在更多地方，人们把农田交给自动机械，把婴儿交给机器保姆，然后欢愉地走进奇妙的幻梦之中。

将军也去了那些自然主义者的聚居地。在那里，人们反对元宇宙，反对互联网和数据，他们热情地邀请将军住下来，问他是否愿意加入他们。

"我是个老人。"将军说，"你们这里有助行外骨骼吗？我没有儿女，如果我失能了或者痴呆了，你们有机械蜘蛛可以照顾我吗？"

短暂的沉默后，自然主义者岔开了这个话题。

第二天，将军礼貌地告别了他们，再次踏上了旅途。

走过了很多地方之后，将军最终决定在冷湖定居。他签订了一份终身合同，旅游公司为他提供了所有的生活保障。而他只需要在淡季时看管这个旅游区，在旺季时接待游客。这里有一大堆自动机械和人形向导供他驱使，还有一座天文台任他使用。

他决定留在这里最重要的原因是，这里的酒很好喝。

就这样他安稳地过了几年。有一天，将军在网上无意间发现了"蜘蛛"的论坛，还有他和牧人搞出来的那些美丽的会飞的泡泡藻。他知道他们需要一个地方，能让他们把这个想法变成现实。

这好歹也算个太空计划。

此时，"暴风雪"号和那座空荡荡的机库闪现在他的脑海里。

他发了个帖子，告诉他们可以来冷湖。

将军花了一上午的时间，安排那些机器保姆打扫客房，然后又订购了一批用来招待网友的美食。"蜘蛛"说应该只有三个人过来，牧人、腿哥，还有他自己。

将军正忙着的时候手机又响了几声，他点开消息一看还是蜘蛛。"将军！"蜘蛛用了一堆感叹号，"厂妹说她接下这个单子！这下可以解决很多问题了！我们现在只需要再增加一座发射场！"

将军淡定地调了几台清挖一体机。冷湖这地方别的不多，就是空地多。

"多大点事儿，看把这孩子激动的。"将军心想。

五、厂妹

她一个人就是一座工厂。

全虚拟主控室今天是高达风格，在半透明的蓝色显示屏上，一只手点来点去，发出一系列指令。

这份订单已经是收尾阶段了，产线模块逐一解离，忙碌的金属八爪鱼在工厂的地面上游走着，它们将通用机床、传送带、机械臂和电机拆下来打包，装入门口的无人卡车内。

更多的八爪鱼正在拆解生产线上的框架，它们将那些无法运用到其他订单上的模具拆下来，将那些可重复利用的模具挂到共享网站上。不可重复利用的模具则直接解体，丢进回收池。在这里饥饿的铁蜗牛等候已久，见到丢下来的模具便一拥而上，震耳的啃食声响彻整个车间。

下午六点，这座模块化自动组装工厂已经全部拆卸打包完毕，厂妹跳上头车，十六辆无人运输卡车整齐地排成一行，浩浩荡荡地驶向冷湖。

此时身后的厂房已经变得干干净净，等待着下一个自由工厂承包商的入驻。

经过漫长而乏味的旅行后，厂妹抵达了 X 市。这里离冷湖已经很近了，但她暂时还不想过去。

也许对于其他人而言，做这份工作是为了梦想，但对于厂妹来说只是接了一个看着比较顺眼的订单。

打开地图，她在网上订了一个共享厂房，很快便有人接了这个单子，并给她发来了地址。车队浩浩荡荡地开了过去，抵达时对方连停车场专用标识牌都已经备好了。

来迎接她的是个中年人，从他那苍白而湿润的皮肤来看，他多半是刚从梦塔的休眠舱里出来。

"愿意来 X 市的自由工业承包商很少。"他热情地欢迎了厂妹，"您是带着单子过来的，还是来这里接单的？"

"带单子过来的。"厂妹看到中年人沮丧的表情，随后又补充了一句，"我手上这个单子顶多占四分之一的产能，另外四分之三我也不打算闲置着，我会接一些订单，这次带来的机床都是通用型的。定制型要现造框架，价格会比较高。"

"能接单就行。这次您真是帮了大忙了。"中年人眉开眼笑，"这儿只有一座梦塔，很多个性化的小商品没人制造，我们只能从外地运进来。现在只要价格上比外运便宜，我们都能接受。"

"行。"厂妹看了一下自己的需求，"我可能需要一些特种材料，你这里有没有材料供应商？"

"本地没有，隔壁 K 市有个材料承包商，我可以帮你联系。"

"谢了。"

当天，厂妹就在厂房里安顿了下来。各种自走机械鱼贯入场，它们开始安装生产线了。有的打印场地框架，有的校正机床状态。厂妹自己则在空荡荡的彩钢宿舍楼顶上展开了透明的帐篷，她打了个地铺，戴上全息头盔，这时一圈淡蓝色的屏幕围绕着她，数据如流水般滑过屏幕。

忙到半夜，生产线才算建立完毕。这时水电也已经接通了，安装工作算是告一段落。

周围渐渐安静了下来。

厂妹摘下头盔，漫天繁星映入双眼。

"这只是个委托单子。"她对自己说。

小的时候，厂妹遇到过一个算命先生，算命先生告诉她爹说这孩子长大了就是个进厂的命。她爹大怒，还把算命先生给揍了一顿。在此后的日子里她爹对她耳提面命："你要好好读书，要不然长大了就只能进工厂了。"

长大之后，她给自己买了一家工厂，成了工厂里唯一的活人。

兜兜转转，最后她还是"进厂"了。

其实她完全可以待在梦塔里面，就像那些中年人一样，通过虚拟现实界面处理绝大部分的工作，遥控整个工厂的运行。其实那些追着商机四处奔波的流动工厂承包商，他们大部分也是躺在"蜘蛛"里面，让那些八脚自走保姆机照顾自己的身体，自己则享受着完全不需要面对现实困扰的工厂主生活。

"啪！"

厂妹拍死了一只蚊子。

她在帐篷上找到了那条让蚊子乘虚而入的缝隙，于是她熟练地掏出胶带来把它粘好了。

她讨厌现实的这些琐事，可是她也讨厌梦塔。

小的时候，她想要去的不是工厂而是火星。

有一次过生日的时候，她缠着母亲给她买了一个透明帐篷。她每天都住在里面，想象着外面是火星的漫天红尘。当90岁的富豪马斯卡和他的火星远征军出发的时候，她满怀希望，想要跟随他们的脚步。

上大学的时候，她选择了工程机械专业。在梦里她幻想自己带着一飞船的工程机械前往火星，在那里白手起家建造出一座新的城市。

但再也没有第二批去火星的人了。第一批登陆的人中也有一半永远地埋葬在了那里，另一半最终被最后一艘火星飞船接了回来。从此人们再也不愿提起那段红色沙尘下的生活。

即使在父亲和母亲都入住梦塔后，厂妹仍然幻想着有一天，能够出现某个奇迹，比如虫洞、超光速旅行等技术的出现，它们能够一下子打通人类通往群星的路。她觉得如今的技术已经是奇迹了，那么再有一些奇迹似乎也很合理。

她又等了十年，可是仍然没有等来任何奇迹。

没有平行宇宙，没有超光速，没有虫洞，也没有时空穿越，更没有外星人。科技越是发达，人类就越是往后退，直到退回那一座座梦塔的洁白梦境里。

人类做梦，但这个宇宙不做梦。

厂妹曾经去过一次元宇宙中的火星。在那里，马斯卡的基地尚未被废弃，穿着防尘航天服的开拓者们在她身边走来走去，漫天的红色沙尘中一颗蓝色太阳喷薄欲出。

跟随太阳一起跃入天空的，还有一个巨大的对话框，"体验时间五分钟，充值会员后可继续体验剩余内容"。

在元宇宙里，一切都有价格。那些开拓者的坟墓有价格，他们拍摄下来的火星风景有价格，360度全景的废弃基地也有价格。一切明码标价，童叟无欺。

厂妹没有支付，选择了退出。

在那之后，她就不做梦了。

自称"蜘蛛"的男人找她的时候，她觉得这个单子利润太薄而且需求太少，连她工厂产能的四分之一都填不满。她本来是不想接的，但对方订购的货物内容确实奇特，她就问了一嘴。

结果就上了这艘"贼船"。

"你们应该知道，这是不切实际的。"她提醒道。

"谁还没个做梦的时候呢！"蜘蛛说。

"我就不做梦。"厂妹想。

这句话到了嘴边又咽了回去，于是她接下了这个单子。胸口有某种情绪涌动，像是从冬眠里醒来的小动物。

"我已经不做梦了，但是还有做梦的人。那我就跟着疯狂一次吧！"她想。

"再说又不是不给钱。"她拼命给自己找着借口。

六、人偶与森林

中年人给厂妹找的材料商确实靠谱，第二天就跟她签订了合同，并将大部分常见材料送到了工厂。至于她要的耐高温高压的特种材料，对方保证在一周内送达。

牧人来找厂妹的时候，产线末端已经开始生产出一只只漂亮的化身人偶了，它们像下饺子一样争先恐后地落进塑料盒里，等待着包装。

"你那边需要什么？"

"电、水，还要把工厂的废热导到我这边来。另外我还需要建一个密闭风洞。"

牧人带来了她自己的生物物质产线。藻类、苔藓和真菌分门别类地装在一个个高压容器中。还有一条微型硫化生产线。厂妹把自己的生产线在生产过程中产生的废气和废热全部导进了牧人带来的反应釜中，这样就大大节省了回收成本。

她把闲置的机械章鱼拨给了牧人，随后两个女孩便开始忙碌起来。很快，巨大的密闭风洞就在透明的柱体中成型。牧人将那些金黄色的晶片苔藓释放到风洞里，让它们在炽热的二氧化碳和硫雾中上下翻滚，生长繁殖。

厂妹原以为要等很久，但是第二天，这条生产线就已经开始出货了。一周后，三个风洞马力全开，源源不断地把十六种真菌和黏菌、四种藻类和两种苔藓装入休眠囊中，再与隔温缓冲材料一起嵌进橄榄形的隔热外壳之间。

这些外壳是用来装化身人偶的。

蜘蛛找厂妹定制的这些人偶虽然每个只有手指般大小，但它们却非常灵敏，可以将图像、声音和触觉信号捕捉传递出来，并通过中继卫星送达梦塔内部。蜘蛛拉来一笔赞助，便把它们包装成"真实的宇宙沙盒游戏"。他在元宇宙里众筹了此次行动的资金，然后向厂妹订购了一批火箭。

这些人偶是这个众筹游戏的核心，它们将会乘坐火箭穿过厚密的云层，落到炽热的金星大地上。当它们抵达金星后，梦塔里的人将会操控它们，让它们在金星上四处行走，爬上半熔融的山脉，或者跳进金属湖泊。也许还会操控它们建造出手指高的房屋，形成人偶的村落。

这是一个真实的沙盒游戏。虽然昂贵，但有人愿意付钱。

为了给这款游戏众筹，牧人拿出了她曾经服务过的所有客户的联系方式，精准地推送广告信息。顺便还和她之前效力的公司签了一份合同，承诺向他们提供"金星冒险者"外形的助行外骨骼装甲。腿哥也在童子军那边狠狠推销了一波。但最大的一笔资金来自将军的一个老部下，他买断了这些玩偶拍摄的图像和所有收集来的数据版权，用来在元宇宙里构建一个虚拟金星。这样一来，这款游戏就可以开发出后续的"冒险"版本了。

就这么七拼八凑的，总算把钱给凑齐了。

"游戏做成后，金星到地球的通信延迟该怎么办？"厂妹好奇地问。

"游戏是回合制的，一回合 2 分钟，这正好是金星到地球的通信时间。你给玩偶发指令，玩偶按你的命令去做。"

为了能让这些玩偶在金星表面活动，耐高温高压的材料是必不可少的，所以成本也很高。但在厂妹列出的单子上，最贵的仍然是火箭和中继卫星。

"这些化身玩偶就是拿来筹钱的。"牧人坦言，"这是我给蜘蛛出的主意，但不知道他在哪儿找的程序员，大概是腿哥和他的哥们儿。但其实我们的主要目的是这些。"她指了指风洞里的藻类，"人偶投放下去的时候，保护壳会在金星大气里分解，壳里夹着的藻类就可以随风扩散了。"

"它们在金星上可以做什么？"

"改变大气，给金星降温，进化，繁衍……"

"大概要多久？"

"几万年吧。反正我们是看不到的，我们孩子的孩子也看不到。做这事就是个念想，我们没想过要看到结果。"

厂妹抿了抿嘴。

"宇宙果然不做梦。"她对自己说。

化身人偶生产了差不多一半的时候，腿哥来了。他戴着一个摄像头眼镜和一副触觉捕捉手套，一边走一边自言自语。当他试图和女孩们握手的时候，两个女人不约而同地退后了半步。

"抱歉。"

腿哥摘下手套，把眼镜放在桌子边上。

"你这是在直播吗？"

"全感官直播，不是收费的。"腿哥解释道，"之前在论坛上说过了，我在纽约的'子宫塔'工作。那里有很多孩子出生之后只接触过机器保姆，长大了也是跟着机器人教官当童子军，他们可能只见过我一个活人。所以这次出来，我就想让他们多见识一下，哪怕是虚拟的也行。"

牧人叹了口气，"行，眼镜你戴着吧。手套就算了，还是觉得怪怪的。"

腿哥抵达的第二天，就热情十足地投入到工作当中了。他要给那些去金星的火箭输入程序，还要测试化身玩偶，忙得不可开交。

"接下来要开始搞全面测试了。"中午吃饭的时候，他神采飞扬，"你们可别被吓到。"

"测试员我们见得多了。"

"那你见过两百个童子军吗？"

第二天，一大群手指高的化身玩偶在熊孩子们的操作下如同出栏的猪般冲出了厂房。一大堆匪夷所思的小问题随之显现，只听到"怎么还能这么操作？""这到底是怎么搞出来的？"以及"谁能重现这个 bug 我给他发钱！"，抱怨声、嘲笑声此起彼伏。

腿哥忙得四脚朝天，但他对小测试员们的表现却非常满意。唯一一个意外是有个人偶被厂妹从三楼的卧室里扔了出来，飞了足有五十米才落地，却丝毫未损。

抗冲击测试差点都省了。

随着各种材料的运抵，厂妹的生产线上开始产出一支支火箭。这些火箭的尺寸很小，直径只有五十厘米，高约十米。看起来像一根电线杆，完全不像是能飞向金星的样子。

"推力确实小了点，但还是飞得过去的。最近是一个非常合适的窗口期，金星现在离地球很近。"腿哥愉快地调试着火箭参数，还顺手拉上了一堆在美国的程序员干白工。"这也是为什么我们选金星而不选火星，因为火星需要的火箭燃料太多了，小火箭根本搞不定，我们的预算更搞不定。"

生产线上，装配已经开始。化身玩偶排着队滚进了装有藻类的外壳，这些梭形容器随后被装进着陆舱，安装在火箭前端。一根根金红色的"电线杆"被运上了无人卡车，前往冷湖附近的发射场。

"燃料怎么办？"

"燃料要把发射架竖起来之后再装填。"厂妹解释道，"那边是蜘蛛和将军在处理。燃料不好搞，毕竟属于危险化学物质。"

"将军就不用提了，在俄罗斯随便找一个大佬都是他以前在军校的学生。蜘蛛怎么也这么厉害？"腿哥挠挠脑袋，"喂，放牧的，你见过蜘蛛没？"

"没见过。他只派过化身来找我。"牧人想了想，"那个化身没有脸。"

"咦！"

无人卡车抵达冷湖的时候，将军正在吃晚饭。

他慢悠悠地吃完碗里的饺子和半根切片红肠，咂了咂嘴里的蒜味儿，把最后一点白酒倒进嘴里。这才穿上外套，拿上拐杖出门。

一辆辆无人卡车安安静静地停在停车场里，每一辆上面都装载了十根小火箭。将军满意地点点头，打开终端，开始设置自动卸货和自动安装程序。因他年岁已高，所以动作比较慢，他就这样慢慢地做。

他不着急。到他这个岁数，很少有什么事情能让他着急了。发射架前几天就已经建好了，他这里的工程机械什么都不缺。蜘蛛也提供了足够多的数据和蓝图，照着做就行。

设置好自动卸货和自动灌装燃料的程序后，将军就回去睡觉了。

第二天早上起来，将军发现远处地平线上已经立起了一小片钢铁森林。这让他不禁想起在乌克兰大平原上装配威慑弹头的往昔岁月。

"没有纳粹的时代真好。"他想，"愿那些家伙腐烂在元宇宙柏林的 1944 里。"

两架无人机在钢铁森林的上空盘旋，驱赶着那些把火箭当成栖架的鹰隼。将军满意地点点头，转身走向天文台。

在这座和将军一样超龄服役的天文台里，有很多仪器在运作。将军把它们全都发动了起来，用以捕捉数据，计算轨道，监测太阳风。相关数据传给了蜘蛛，再由蜘蛛计算后传回来，随后输入到火箭和着陆舱，作为发射时和发射后姿态微调的参考。

担心这些年轻人做事不可靠，将军便找来了自己之前的一个老部下，而这个老部下又找来了自己的一个前同事。他们用最低的价格买了一台量子计算机，然后用这些数据在上面做了一轮验算。

如今万事俱备，只欠东风。

七、聚

跟随着最后一辆运输火箭的无人卡车，腿哥第一个抵达了冷湖。厂妹和牧人还在后面，她们要拆卸生产线，而腿哥则需要提前过来调试火箭的程序。

将军拄着拐杖过来帮忙。

在度过了一个忙碌的白天之后，这一老一小两个男人坐在钢铁森林外围的马路牙子上抽着烟。

"你比我想的还年轻。"将军咬着嘴里的烟屁股说，"在子宫塔干活，结果自己没当过爹？"

"没。"腿哥叹口气，"我恐人。"

"孩子抱多啦？"

"每天好几百个，换谁来干这活儿都一样。"

"嗯。"

"将军啊，其实我这次来是想问你个问题，养孩子是什么感觉？我是说，养个真的孩子。"

"我不知道。"

"啊？"

"你小子是不是觉得我是个老人了，所以肯定养过孩子？"

"你那代人不还是正常繁育的嘛。"

"你看我像是正常人吗？"

"行，你赢了。"

两人一时无话，就又交换了一支烟。夕阳在他们的沉默中慢慢落下。

第二天牧人和厂妹抵达，冷湖基地瞬间就热闹了起来。两个姑娘带着一大堆自走机器人跑来跑去，发射场里到处都是小章鱼和小蜘蛛。她们仔细地校正着每一根火箭，还发射了几枚作为测试。

"早产宝宝一号准备发射。5，4，3，2，1，发射！"

"推力正常，轨道参数正常。"

"早产宝宝二号准备发射。5，4，3，2，1，发射！"

将军拎起酒瓶子对着腿哥晃了两下："这是什么破名字。"

"呃，是我起的。"

第三天早上，蜘蛛姗姗来迟。瘦长的身影在地平线上，被朝阳拖出了一条更瘦长的影子。

依旧没有脸。

赶来的是一个精致的人形化身，面孔一片空白。

"你可真行啊，大家伙儿忙了这么久，这么大的事，你就弄个化身过来？"厂妹抱怨道。

"我没本体。"

短暂的沉默后，腿哥先反应了过来，他试探着问："你是太白七号？"

那是负责金星探测计划的人工智能的编号。

"不是。"蜘蛛耸耸肩，"萤火九号，火星移民项目。我那个项目被废弃了。但是他们不能废弃我，因为我已经通过了图灵测试。"

"然后他们就把你放出来啦？"

"对，还给我发了张身份证。"

略长的沉默。

牧人一拍大腿。

"坏了。"她说，"我准备了五人份的饺子！"一个人的笑声，随后是更多人的笑声。

然后，所有人都大笑起来。

他们肩并肩，走向发射场。将军拍了拍蜘蛛的肩膀，腿哥对他竖起了大拇指。厂妹躲在牧人身后，时不时好奇地看一眼。

朝阳把他们的影子拉得很长。

八、星雨

五个人在发射场忙碌了一整天，这里有太多的调校和测试，还有许多的数据需要处理。他们一直忙到夜幕降临，然后才轮班去睡了几个小时。直到凌晨，这是发射的最佳时间窗口，他们才又齐聚在天文台。

牧人打开了直播。

厂妹客串了主持人，向那些众筹了游戏的玩家们宣传起来。"大家伙注意了啊，现在是发射时间，虽然要三个月以后大家才能玩上这个游戏，但是发射时候的场面很好看，我相信大家不想错过……"

腿哥和蜘蛛在监视器前忙碌着，唯有将军穿着军装，佩戴好所有的勋章，拿着话筒。

"维纳斯集群准备发射。倒计时开始，10，9……"

冷湖万籁俱寂，就连那些章鱼机器人也被疏散到了发射场外。"5，4，3，2，1，发射！"

火光在沙漠中升起。

三百四十枚火箭，十枚一个批次，依序升空。一组又一组的微光紧密排列，拉成耀眼的光幕。这仿佛是一场逆向升上天空的暴雨，每一滴雨点的尖端都缀着炽烈的火光。一枚枚火箭的尾部都拖出长长的涡旋云霭，在高空中被尚未完全升起的太阳照亮，就像是一滴滴发光的墨水，在深黯的夜幕里盘旋着洇开。

"一级火箭开始分离。"腿哥说。

"轨道参数正常。"厂妹看了一眼监视器。上面有一个光点脱离了大部队，歪歪扭扭地打起了转儿。

"这才正常嘛。"她想。之前的一切都太顺利了，顺利得让她觉得不真实。

厂妹不动声色地把直播摄像头转到了另一个方向。今天她售卖的是梦境，在一个不做梦的宇宙里，梦境是有价值的。

"三百三十九枚正常，一枚脱离。落点已经稳定，一级火箭发动机落点稳定。"

"三百三十七枚进入预定轨道，两枚未能正常入轨……"

接下来就是乏味的等待了。

厂妹及时将直播镜头切换到了场外的那些章鱼机器人身上，它们冲入发射场开始拆卸清理的视频远比那些已经变成小光点的火箭更富有吸引力。

从地球到金星要三个月。

人偶可以在金星表面坚持一个月。

而那些从保护壳里散布出来的藻类，三个月后才能确认它们是否能脱离休眠状态存活下来，243天后才能知道它们能不能在金星漫长的昼夜交替中正常生长。假如它们真的活下来了，根据牧人的计算，要在数百年后，金星的大气温度才会因为它们而产生微小的变化。而要在那颗星球上诞生出更复杂的生命，或许要千万年，甚至上亿年。

厂妹掰着手指算了算。

"我有生之年大概能看到……更多的藻类？这个宇宙真的是不做梦啊。"

将军看了她一眼。她这才意识到，在一位老人面前说有生之年，好像是件不太合适的事情。

但接话的却是蜘蛛。

"我连着陆都看不到了。"他说，"下个月我的核心程序就要升级了。"

天文台里突然安静了下来，只有那些仪器发出有节奏的蜂鸣声。

将军板起脸来，把拐杖用力地往地上一拄。

"有什么好纠结的，看不到就看不到。"他拿起酒瓶，灌了几口。

"美国发射过一个探测器，叫旅行者1号，根据预定航线，它要在四万年后才会抵达格里泽，就是那个据说可能有生命的星系。参与它发射的科学家们，没有一个人指望能看到那一天。"

"四万年太遥远了，我们说个近的。当年在柏林打纳粹的那些人，有谁觉得自己能看到一百五十年之后的今天？"

"有些事情，只有你们经历过了才能明白。做一件事，不是为了看到结果。"

"宇宙不做梦，星星也不做梦。对生活在这个宇宙的人来说，这一辈子非常的渺小。但你活着就愿意为了你想要的那个结果去争取，哪怕只有最微小的可能，这就够了。"

蜘蛛笑了。无面的脸上发出轻柔的笑声。苍白的塑胶手指举起了酒杯。

"为可能性干杯。"他说，"为这个不做梦的宇宙干杯。"一只只举起的酒杯，星光在杯中荡漾。

"干杯！"

戈壁滩上，发射场已经被清理干净，机器章鱼们拖着拆下来的材料返回了卡车。

这时一只跳鼠出现，它小心翼翼地四处张望。突然，它抱起一块将军丢下的红肠，又冲回了洞穴里。

夜空晴朗，有星星、坠落的"星星"和许许多多正在上升的"星星"。

九、散

牧人留了下来。她说冷湖的地质气候很适合培育火星植物。她要在天文台定居，一边照顾将军一边培育自己的藻类和苔藓。闲来无事的时候还可以从望远镜里看看金星。虽然那颗星球的大气并没有因为数吨藻类的到来有任何改变，但她还是想看看。

将军在某次畅饮后酣睡过去，就再未醒来。按照遗嘱，牧人把他和一瓶酒一起埋在了戈壁滩里，墓碑向着北方。

在第十九次升级之后，蜘蛛终于等来了火星计划重启的消息。彼时，他已经不记得自己在冷湖送走了的三百多颗"星星"。但在火星计划开始时，他仍然带了一批藻类，这些藻类来自冷湖实验基地，是牧人培育种类的第三代。现在培育它们的那个姑娘已经不在了，但其他人接手将这个实验继续了下去。

厂妹在离开冷湖后，就去回收了脱落的火箭发动机和失败的火箭箭体，将它们保留在一个梭形外壳里作为纪念。至此，厂妹正式完成了这份委托合同。她一生都在大地上旅行，把工厂带到世界各地。有些时候，她会顺手收集某个国家放弃的太空计划资料，把这些数据、图表、蓝图乃至航天飞机本身都运到冷湖去。牧人在将军的墓旁建了一座航天博物馆，来存放厂妹带回来的东西。

厂妹自己再未回到过冷湖。多年后，在执行一次汤加的委托合同中，她和她的工厂一同消失在了太平洋的风暴里。

腿哥回到了纽约，继续他的育婴工作。多年后，他自己开办了一个家庭抚育营地。在这里，那些希望做父母的年轻人学习着如何照顾从人造子宫中出生的婴儿。在四十岁那年，他与一名来营地学习的女子喜结连理，他们一生共有七个孩子，均由人造子宫孕育。

十、漫长的尾声

在经过三个月的漫长旅行之后，总计共有三百二十六枚火箭的着陆舱进入了预定轨道。

厚厚的云层被狂风撕扯成金色和褐色的长河，在星球表面奔流涌动。着陆舱打开舱门，成千上万的灰色"枣核"先后没入其中。一颗颗"枣核"在平滑的云层上激起小小的旋涡，转瞬间又被气流抹平。

随着速度的加快和大气摩擦，"枣核"的外壳温度开始升高，记忆金属的特性让它们开始膨胀，然后逐步分解。

狂风将"枣核"的外壳卷向四面八方，金色的细碎晶体也随之散播到了金星的大气高层中。

包裹在着陆缓冲气囊里的化身人偶慢慢落向金星炽热的地面，气囊渐渐瘪了下去，一个个人偶充满期待地从里面爬了出来。它们接收着着陆舱发出的信号，并把眼前的景象信息传送出去。

被铝结晶覆盖的银色山峦，灰色的铅湖，仿佛火焰熔炉一样的天空。这时，有雪花从空中飘落下来，这些雪花是硫酸铅的晶体。它们在地面生成，又被卷入空中，然后再落下来。

玩家们通过替身人偶，开心地欣赏着眼前的美景。并且准备开始下一回合的行动。

小小的村落被建造出来了。

然后是投石机。

玩家们被分成数个阵营，他们互相攻击，乐此不疲。

一个月的有效运行时间非常短暂，在游戏正式关服前，玩家们举行了一场盛大的狂欢。小小的人偶们手拉着手，围绕着村庄跳起了快乐的舞蹈。它们唱着走调的歌冲向彼此，热烈拥抱，一个叠着一个。

在倒计时结束的那一刻，玩家们通过卫星激活了人偶自爆的指令。

爆炸在金星的地表掀起了一朵壮观的蘑菇云，并留下了一个深深的坑，这是一个人类活动的证明。

四年后，这个坑被铅雪填满，从此便消失无踪了。

在元宇宙里，金星的模拟副本开始生成，游戏继续进行。而那个在爆炸后留下的坑，它的寿命远远长于它在现实中的时间。

最初被投放到金星上的藻类全部死亡了，就连苔藓也未能幸免。其实小小的风洞对金星环境的模拟是有限的，更何况这些工作是由一些不专业的梦想者进行的。在连续数年没有监测到藻类信号后，绝大多数知道这次发射的观测者都停止了跟进。但是在数百年后，一种气体开始在金星的大气高层里稳步增加。这并不是人们期待的氧气，而是极为稀少的氨。

在这次实验中，只有某种黏菌活了下来。

这种黏菌并不在牧人的计划之中。她把它们加入"维纳斯鸡尾酒"中仅仅是因为它们可以为其他藻类提供稀缺的某类化合物。但最终它却成了唯一的幸存者。

在恶劣的金星大气层中，它捕捉着炽热的阳光，漫无目的地随风飞舞，最后逐渐扩展到整个浓密的大气圈中。

随着黏菌的密度逐渐增加，它们开始彼此接触，古老的来自地球的基因在变异中重新醒来。它们开始在金星的大气里彼此粘连，形成复杂的云状生物，吞食能量，遮蔽了阳光。

"远行纪"到来的时候，人类开始在太阳的赤道上修筑戴森环，为远航的飞船提供充足的能量。这一举动无意间降低了金星接受太阳光能量的指数，金星的大气温度随之降低。

此时，人类需要的不再是星球，而是能量本身，他们开始对金星不屑一顾。偶尔也会有几个好奇的人去金星观察这些生物。但宇宙太小，元宇宙太大，他们很快就失去了兴趣。

"远行纪"结束后，又过了数万年，在残破的戴森环阴影里，第一只云鲲终于和暴雨一起，落在了金星的地面。

三亿年过去了。

金星上的智慧生物终于踏出了第一步，它们抵达了古老的戴森环的残骸，查看人类留下的巨大建筑与神秘残迹，猜测着先行的古老文明的结局是怎样的。但它们终究未能得到答案。

此时的地球上，曾经四分五裂的大陆已经聚集在了一起。在巨大的中央沙漠腹地，昔日名为冷湖的那块小小的土地依旧干燥荒凉，不见旧日的一丝痕迹。来自金星的探索者们在沙尘中掠过，浑然不知此地正是一切的开端。

在长久的寻找之后，它们终于听到了银河深处的信号啼鸣。来自人类，或者来自异族。

群星不做梦。

但宇宙中的文明，已然初醒。

解控人生的少女

昼温

第一章

影子只能说明夜晚来了，并不是白天再不回来。

一、希思罗

身着轻纱的女子抬起头，双手持马尾那么粗的毛笔左右开弓，在卧室的墙面上划出两道鲜红的半弧，像血色新月和它在远海中的倒影。在这个东南亚的小岛上，她曾无数次穿过野林海边望月。热带的阳光照在颜料表面，反射出金色的光芒。

与此同时，当地中学热拉学府已经出现了第一批受害者。学生在课堂上突然倒地，神志不清，手机从书本里滑落出来，在水泥地上磕碎了一个角。

此时女子并没有停下。这两道醒目的红色印在她银色的虹膜中，仿佛点燃了一团火焰。她俯身蘸了更多颜料，双手继续持笔挥舞，深深浅浅的红色逐渐占领整面墙壁。拉斐尔的自画像在另一面墙上默默注视着这一切，眼角似乎滴落了一滴血红的泪水。

操纵机械的工人是第二批中招的。在不断重复的体力劳动中，巨大的机械组成了危险的流水线，而一时的精神恍惚往往意味着人肉被轻扫崩裂，温热的血液溅满无尘间。锡曼曾被誉为这个世界上最安全的工厂，从来没有出过一次事故。来视察的美国人曾说这里的工人就像流水线上的其他机械一样精准。但是今天，警报声响彻多个车间，仿佛锡曼劳伯的哀鸣。

女子已经完成了整个框架，一只欲飞的血色巨鸟展现雏形。她把大毛笔随手丢开，又换了两支狼毫细笔继续。然后调出另一种红色，她一步向前，身体与墙贴而未贴，只有身上的轻纱沾了少许色彩。这是最难的部分，但她依然双手持笔作画，生生将巨鸟勾勒成了一个生着双翅的少女。少女的双脚已经变成鸟爪，脊背覆满羽毛，一副挣脱束缚、即将振翅飞翔的模样。

这时，厨房传来哐的一声，接着是一个女人压抑的惊叫。片刻之后，母亲推门进来，一时被眼前的景象打乱了心神。被汗水浸湿的薄纱贴在女子的面孔和身体上，殷血花的诡气在颜料桶里散发，红色的液体从墙上舒展的双翼上滴落。女儿回过头，和女神同时注视着她。那一瞬间，母亲似乎触碰到了一个宏大的东西……她曾拥有，但转瞬即逝。

哈如利亚桑－克如斯。哈如利亚桑－克如斯。

"希思罗，巴耶利出事了。"母亲恢复了平静，"她在厨房晕倒了。在看手机的时候。"

"小妹？"女子放下双笔，血色流淌到了自己的脚边。

因为网络致死的案例并不罕见。这里不是指未来世界 AI 杀人，而是沉迷互联网带来的真实事故。学生熬夜玩游戏猝死，行人过马路看手机造成车祸，闪动的画面引起癫痫，甚至有火车调度员因手机分神发出错误信号导致火车相撞的报道。如果把范围扩大，"戒瘾学校"、互联网造成亲子关系破裂、网络诈骗、网络霸凌……人性的恶总是像黏液一样扩散，顺着便捷的链接侵蚀心灵。但这些加起来都没有锡曼国在十天内因为网络死去的人多。当他们刚刚开始接受这个新奇玩意儿时，死神的镰刀已经架在了每个人的脖子上。

——《锡曼联网之路：一段历史》

二、姜染

聆风互动的出海业务小组举办了今年第五次团建，姜染拖着病体无奈前往。

时间是晚上 8 点，几人一组打车离开了灯火通明的中关村，来到海淀东部一个社区。在这里，北京的秋夜很安静，老人和孩子早已安眠，只有几个遛狗的居民还在外面，手机蓝色的荧光照亮了他们的面孔。

"我敢打赌，他们现在用的肯定是咱们聆风系的产品。"吴玘笑着说。他和姜染同岁，同年毕业后一起进了这家互联网公司。

业务领导赞许地点点头。

一行人来到约定的地点，竟然没有看到酒吧的影子。"午夜前院"的招牌下，只有一家花店。吴玘拉着姜染带头走进去，各色鲜花香气萦绕，甚至还有锡曼屿的特产殷血花。除了花草，这里四处还陈列着闪闪发光的小饰品，几个女同事忍不住凑近欣赏。业务领导进来后，吴玘径直走到一座巨大的书架前，轻轻抬手，书架便缓慢转开，露出了下面的旋转楼梯，通向地下酒吧。此时，喧闹声顺着楼梯隐隐地传了上来。

进了包厢坐定后，一个女同事已经开始拿出手机拍照了，"不愧是网红酒吧啊！"女同事兴奋地说。

"那当然，这可是我们聆风互动国内版一手捧起来的。不然这里地段这么偏，设计再好也火不起来，你说是吧，玘哥，你可是大功臣。"

刚点完酒的吴玘听到，谦虚地笑了笑："还是咱公司平台好。"

"哎，小吴，别谦虚。"业务领导拍了拍他的肩膀，"这次攻克无瘾之国，让咱们的 App 在锡曼屿遍地开花，你可是立了大功啊。这事在业内都传开了，有好几家巨头都在打听你的背景。不过话说回来，公司待你不薄，这次五百万元的奖金也是立刻到账的，你小子可别动歪心思。"

"怎么可能，我不会忘恩负义的。"

"那就喝一杯！别忘了给小姜也倒上，毕竟你俩，啊……"

姜染看了眼手中的杯子，咽了口唾沫。她感受到男朋友催促的目光，只能闭眼一口喝掉。热辣的液体从唇舌烫到喉咙，眼前的世界立刻开始旋转。姜染深吸一口气，按了下左手的大拇指。

哈如利亚桑－克如斯。哈如利亚桑－克如斯。

肝脏在几秒内迅速代谢了酒精，大脑加速运转恢复了清醒，此时，姜染眨了眨眼睛，仿佛重新回到了现实。

"今天这次来呢，除了给你庆祝，最主要的还是想让你分享一下经验。小吴，你是推荐算法出身，今年才转过来，这里在座的几个都是纯产品经理，连个'Hello World'都写不出来，还做互联网，这不是扯淡嘛！"几个同事连忙点头附和，请吴玘赐教。

男子骑虎难下，瞥了姜染一眼，在被她看穿了心思后，此时有几丝心虚。姜染不易察觉地点点头。

"嗨，也没啥特别的，就是隐语义算法嘛。你们也都知道，推荐算法的本质就是给用户推荐他喜欢的东西或者内容，当今几乎在所有与购物、社交、兴趣有关的互联网产品中都有运用。而想要基于兴趣给用户推荐东西，就必须给物品和内容打标、分类，然后再通过用户资料、行为数据、正负反馈来进行推荐。比如算法识别到一个用户喜欢动漫，可能就会推荐同类型作品、动画剪辑、cosplay 等内容……"

几位同事聚精会神地听讲，姜染却已经失去了兴趣。她又按了一次左手的拇指，才勉强控制面部肌肉，装出一副对男友十分崇拜的神情。

"当然，分类的颗粒度越细，推荐就越精准，用户的体验感就越好。但面对互联网的海量内容，如何给物品进行分类？如何确定用户对哪种物品感兴趣？感兴趣的程度如何？仅靠运营同事在后台打标是不现实的，我的隐语义模型就是通过隐含特征来联系用户兴趣和物品与内容的，采取基于用户行为统计的自动聚类，用人工智能来判断用户真正的兴趣。

其实有时连用户自己都不知道……"

又有一盘酒被送进了包厢，业务领导塞了一杯在姜染手里，然后摸出烟开始抽。烟雾缭绕，酒味刺鼻，吴玘扯着嗓子高谈阔论，其他人则拼命掩饰着嫉妒，不断阿谀奉承。姜染简直无法抑制离开的冲动。她再次按住左手拇指，这时她想起了于教授的忠告："虽然手术很成功，但启动神经转换的频率过高，会有生命危险。"

姜染默默伸开手指，任由情绪蔓延。毕竟在从锡曼屿回来接受神经转换手术后那段时间，她无数次按下手指，试图平息无处不在的担忧。他们对锡曼屿做的事，究竟会带来什么样的改变，她不敢想。

三、希思罗

"巴耶利，巴耶利！"浑身是颜料的希思罗冲进厨房，抱起妹妹小小的身体。巴耶利比她小六岁，刚上大学不久，但身子又瘦又软，还像一个青春期的小姑娘。此时此刻，妹妹紧闭双眼，微张着嘴巴，已经失去了意识，只有浅浅的呼吸。

"母亲，巴耶利到底怎么啦？"希思罗回过头，倚在门框的母亲依然一脸冷漠，只是指了一下地板。是巴耶利的手机，一角已经摔裂了。希思罗探身想要捡起，这时屏幕突然亮了，闪起蓝光，希思罗的手像触电一样缩了回去。

"母亲，我现在送巴耶利去医院，您在家里，千万不要动手机！"

话音未落，窗外响起了救护车的声音。希思罗抱着妹妹冲了出去，戴着口罩的护士却把别人搬进了车厢。

"这里！这里还有一个病人！"

在希思罗的央求下，护士还是准许两人上了车。躺在车厢中间的人跟巴耶利一样，也是毫无生气，微张着嘴。护士给他做了简单的检查，又转身接过巴耶利。

"她没事吧？"

护士摘下听诊器，摇了摇头，"最近出了很多这样的病例，尤其是咱们这个镇。病人突然休克，找不到任何原因，医院都快装不下了。不过病人状态一般都没有什么问题，可以自主呼吸，但……"

"怎么？"

"就是醒不过来。恐怕会变成植物人。"护士为两个没有意识的人盖上被单，一双银色的眼睛没有流露出任何感情。

"巴耶利……"希思罗握住小妹的手，双眼又热又痒。透过救护车灰蒙蒙的窗户，她看到原本平静的锡曼屿已经陷入了混乱，警车、救护车呼啸而过，汽车在路边撞成一堆，近处有火，远处有烟。

这曾是她的噩梦，是她最担心发生的事情。姜染，这就是你打算送给我的"礼物"吗？闭上双眼，眼泪终于滚落了下来，打湿了沾着颜料的轻纱。这是她出生26年来第一次落泪，一种无法言喻的哀伤随着眼泪翻涌出来。

突然，一阵音乐从驾驶室传来。希思罗听出这是一首全球网络流行曲，她过去在短视频网站做网红时常用。抬起头，她看见司机口袋里的手机发出了幽幽蓝光。

"别看！"

来不及了。手腕上缀着棕榈串珠的胖司机拿起手机刚看了一眼，整个人立刻抽搐倒在了方向盘上。救护车一时间失去了控制，一头冲向海边的野林。

在失去意识前，希思罗把巴耶利紧紧抱在怀里。她看见一个女孩的雕像静静立在野林旁边，悲伤地望着这一切。

四、姜染

"为什么非要我去？"从酒馆回出租屋的路上，姜染感到头痛欲裂。对她来说，烟和酒的刺激性都太大了，尤其是还在神经手术恢复期的这段时间。但这种应酬，吴玘总是说无法推托。

"染染，再忍忍，马上就到家了。"吴玘伸出胳膊，把姜染揽在怀里，用下巴轻轻蹭着她的头发。

"吴玘……"

"嗯？"

"你老实告诉我，是不是你改了我给你的数据？"

"那都是原始数据，不能直接用的，当然要改。"

"你知道我说的是什么。"姜染按住吴玘的大腿，把自己从男友的怀抱中撑起来，看着他的脸，问："如果按原计划，DAU [1] 不可能增长得这么快。现在锡曼屿至少有 2 万人在使用聆风互动海外版，比我给你的数据多了二十倍。"

"那说明我的算法效果好啊。那不是好事吗？"

"我是故意做成循序渐进式的，我一直担心会出问题……"

"染染，怕什么，奖金已经进口袋了，名声也已经打出去了，都是因为DAU的一夜暴涨。再说了，就算我做了什么，那也是为了你。那五百万元我可是一分钱都没有花，口袋都没焐热就拿去给你做手术了。你别担心了。"

姜染无法反驳。她又重新躺回吴玘的怀里，心中的担

1　DAU：互联网术语，指日活跃用户数量。

忧却迟迟不能释怀。她总是担心那个遥远的国度会出什么事……也许时光可以倒流，如果她不喝那杯咖啡，一切都不会发生。

姜染闭上眼睛，思绪回到两个月前。

那是一个平凡的工作日，已经快晚上十点了，打车软件上的排队人数还有 200 多。

楼下的咖啡店还开着，甚至还有人在里面加班。姜染想了想，于是她走进咖啡店，点了杯没有咖啡因的饮料，坐在玻璃墙旁的高凳上，试图舒缓一天的疲惫。明黄的银杏叶隐没在路灯的暖色光芒间，没有了白天时的温暖惹眼。白果被来往的行人踩成了烂泥。

"Hi，染染，就知道你还没走。"

她回过头，一个个子稍矮、剑眉星目的男人笑着朝她走过来。他穿着西装外套和牛仔裤，斜挎着包，聆风工牌还挂在脖子上。

右手握着一杯散发着热气的手冲咖啡，吴玘跳上她旁边的高凳。

"今天你不是有紧急项目吗？怎么还特意从另一个工区赶过来。"

"还不是为了多见你一面啊！"

姜染笑了，轻轻吻了男友的嘴唇。他的头发不短，在脑后扎成了一个细细的马尾。这在北京是男士很常见的发型，但要是到了她北方的家乡，定会被亲戚朋友指指点点的。换一个环境，正常会变成不正常，不正常也会变成正常。到底是哪里出了问题？

吴玘打开他的笔记本电脑，在星巴克浓郁的咖啡香味中敲着代码，姜染则出神地看着他。两人其实是大学校友，快毕业时才相识，后来又到了同一家公司工作。一开始计算机专业毕业的吴玘在推荐算法岗，一年后转行当了产品经理。在公司中他们负责同一个产品，两人在工作中甚至还有过几次摩擦。尤其是对于产品演化的方向，吴玘总是拿出一副数据为先的做派，并不怎么考虑实际使用产品的用户。

不过作为男朋友，吴玘非常合格。他会满足姜染的一切小需求，帮她抚平生活中的棱棱角角，赶走一切困扰她的事情。有点像希思罗刚开始对待她时那样，只是他的方式更加成熟。跟吴玘在一起，姜染总是感到舒服而安稳。

但有的时候，姜染会想起他的五个前女友。那些女孩一定用自己的方式教会他如何温润地对待各种女性，在生活中避免任何的不快与争吵。她很难看到吴玘的真心，却又离不开他创造的安全情绪环境。很难说清这到底是一种爱，还是一种跟购物差不多的瘾。

"小染，今天公司海外部门那个核心成员内部会议，你有什么想法？"

姜染有点意外。自从开始交往，吴玘很少和她交流工作上的事，毕竟两人是同行，工作理念也多有不同。他一直有意避开这种容易造成矛盾的领域。"我……"

"我直说了吧，就是赵老大说的那个，让聆风互动进军'互联网最后一块蓝海'，传说中的无瘾之国。"

"你是说锡曼屿？"姜染眉头一皱。

五、希思罗

新加坡樟宜机场，希思罗戴着墨镜，一身银杏图案的明黄色吊带修身连衣裙，这身装扮隐去了所有锡曼人的痕迹，也遮住了他们独有的银色双眸。候机大厅里，所有人都在低头看手机，充电桩附近更是挤满了人，数据线就像他们的尾巴，或者是输送养料的鼻饲管——躺在医院里的巴耶利就插着一个。

希思罗加强了大脑的听觉中枢，此时她注意到有不少人正在聊锡曼屿的"疫情"。

是的，由于聚集性很强，他们把这一轮大规模休克事件归咎于某种恶性病毒，并对锡曼屿的海关进行了一定程度的封锁。希思罗费了一番功夫才乘船离开锡曼屿，辗转来到新加坡准备转机去北京。

她隐藏得很好，只是在检票的时候，空姐多看了她一眼，不过最后还是让她登机了。

升空后，希思罗松了口气。这不是她第一次飞往中国了，但这次一切都变得不一样了。曾经，她怀着对异国的好奇和憧憬搭上飞机。而这次，她的心里充满了悲凉与怨恨。

尽管没有人相信，但是她知道，是姜染造成了家乡的灾难，也只有她能拯救巴耶利的性命。更重要的是，她多么想再一次站在姜染面前，当面问一问她为什么要这么做。

毕竟，她们曾是如此要好的朋友。

希思罗永远都不会忘记北京的那个秋天。在京城大学通往食堂的那条路上，几百棵银杏树尽数褪去绿色，换上深浅不一的金黄。微风吹过，黄色的叶子就那么簌簌飘落，在空中飞舞，仿佛永远都不会停下。那是家乡从来没有过的季节。

"希思罗！"

姜染向她跑来，用中文喊着她的名字。

"希思罗。"女孩跑得上气不接下气，刘海被汗水糊在脸上，但是依然非常好看，"别去食堂了，跟我来。"

"去哪儿？"

女孩没说话，只是一把拉住了希思罗的手，拽着她就往外跑。

"你要干什么？"

"我要，我要帮你找到你的'喜欢'！"

希思罗睁开眼睛，回到现实，眼泪又落了下来。那个曾经帮她找到"喜欢"的女孩，如今已经变成了刽子手，为一己私利残害了锡曼屿数百条人命。

她会强迫姜染救下其他失去意识的同伴，如果不行，血债只能用血偿还。

哈如利亚桑－克如斯。哈如利亚桑－克如斯。

"赫女在上，请给予我保护族人的力量。"

六、姜染

那个会议她是线上加入的，大领导花了大概 10 分钟的时间慷慨陈词："一个地区的互联网渗透率低有很多原因，基础设施、网速、网费、智能机普及率、殖民历史……不过就算排除了这些，锡曼屿也算是一个互联网真空之地。当印度少年们在 H&M 的大 logo 下拍照，试图掌握流量分配的'财富密码'时，非洲的 vlog 博主靠演奏异域音乐闯出一片天地，克里米亚动物园园长拿到了哔哩哔哩百万粉丝纪念牌，美国多了一票'日系死宅'，印尼出现大批 BlackPink 的粉丝……'网红经济'、万物互联的概念早已席卷全球。锡曼屿却没几个人愿下载 Twitter、Instagram 和 Facebook，本土也没有一家像模像样的科技公司，这似乎不能用人均 GDP 来解释。几家巨头在其他国家已经打破了头，但锡曼屿人民岿然不动。但人口优势还在这儿摆着，这便成了互联网领域最后一片'蓝海'，也是一块'占领即扬名'的圣地……"

"五百万元年终奖，想想吧，只要做成锡曼屿第一个 DAU 达到十万的产品。"吴玘盯着她，"咱们合作，其利断金，外加名震业内，升职加薪……你就不心动吗？"

姜染轻笑了一下，"没有那么容易的。"

"你没试过怎么知道？"

"我是说，国内外有那么多互联网公司都盯着这块儿肥肉呢！"

"但我不是有你嘛！"吴玘也笑了，"你可是我们的产品魔女。"

"哪有……"姜染低下头摆弄着咖啡的卡纸杯托，想着如何岔开话题。

"我从没问过你，小染。"吴玘继续说，"为什么公司任何一款濒临下架的产品只要一经你手，都能立刻达到百万的 DAU，不管它的使用场景多么冷门，也不管之前的运营和设计有多么糟糕。就像上次那个帮盲人找东西的公益 App，竟然冲上了 AppStore 的榜首。"

"只是巧合罢了，说明大家热衷公益。"

"你自己相信吗？"吴玘打断了她，"三年的时间，这个年薪，这个职级，就算是赵老大当时也没有做到，而且公司也没强迫你带团队。我知道，那些快速达到百万 DAU 的产品，你完全有能力做到千万。但不知道为什么，你却故意让它们停在不上不下的数值上，沉迷在这个舒适区里……作为你的男朋友，我觉得我有义务有责任推你一把。真的，你明明能做得更好。"

"我……对不起，让你失望了，这真的是我的上限了。其实你自己也可以的，你的隐语义算法那么强，做的产品表现都比我的好……"

"如果我参与了这个项目，你会帮我吗？"吴玘看着姜染，满眼柔情。在很多时候，这都是她无法拒绝的眼神。

"对不起，我帮不了你。"

"我不能没有你的帮助。"吴玘深吸一口气，"毕竟你有过一个锡曼屿的朋友。"

"你调查过我？"姜染不觉捏紧了咖啡的杯子。

"你先别急。"吴玘轻轻拍了拍姜染的肩膀，他一向很会观察她微妙变化的情绪，"做项目之前，我是做过一些调研的。每年锡曼屿来中国的人非常少，因为他们很恋家，所以他们的出境记录都很少。但曾经有一个锡曼屿人来过北京，还参与过直播，是一个网红。我看了那个账号，是你曾经参与经营的，而且你也清清楚楚地写在了简历上。你可从来没跟我提起过这件事。"最后一句反而有点指责姜染不信任他的意思。

"那你想怎么样？"姜染感到一阵烦躁。

"联系你的室友，拿到第一批锡曼屿行为数据。隐语义算法需要的不多，但在冷启阶段……"

"对不起，我不能帮你。"姜染快速喝了口咖啡，把空杯留在原地，起身拎起了外套。

"染染。"吴玘拉住了她的胳膊，"对不起，如果我冒犯到了你……"

姜染正想回答时，只觉心脏一阵绞痛，便痛苦地弯下了腰。两人的目光都落向她刚放下的咖啡，那是吴玘来时买的手冲。

"小染，我记得你说过心脏不好，不能沾咖啡因是吧？"

看到女友的脸色，吴玘的声音颤抖了。

　　姜染什么都没有听见。她连人带椅子一起倒在了地上，此时她已经失去了对时间和空间的感知。世界模糊成一片，她想要伸出手，却被什么东西捆了起来。

　　"你是一条狗。"那个穿着白大褂的男人不断重复，然后按下电门的开关。

　　一个月后，姜染还是踏上了锡曼屿的土地。无瘾之国，自此奏响了死亡的序曲。

第二章

　　　　窗户里，夏季的群星。

　　　　曾经，我能给它们命名。

一、希思罗

　　雷声在远处翻滚，13 岁的希思罗拉着妹妹的手往南跑。

　　"姐姐，英雄在哪里呀？"巴耶利跑得上气不接下气，身边的植物越来越多、越来越密，眼看就要进锡曼屿的雨林了。

　　"就快到了！"拨开几丛天南星科草本植物，"英雄赫女"正在丛林里静静地等着姐妹俩。

　　那是一座两人高的黑色雕像，半米高的底座从松软的黑色腐殖质上升起。来这里的人并不多，希思罗每走一步，都有液体从落叶中被挤出来。雕像的主体也是一个女孩，看起来也只有十三岁。她单膝跪地，长发束起，身上只穿了一件传统的锡曼屿服饰笼纱，上面有精心雕刻出的羽毛纹路。但笼纱很多地方都已经破了，肩膀露出了一部分，边角处也全是裂纹。女孩腰背挺直，眼神坚毅，背朝雨林，守望着锡曼屿的首都。

　　但最特别的地方还是女孩没有跪下的那条腿。在笼纱的掩映下，女孩的右腿从膝盖开始没了皮肉，整个小腿化成了一柄几乎是插进底座的利剑。

　　"哇！"巴耶利踮起脚，伸长手想要去摸剑刃。

　　"别动，还是很锋利的。"

　　巴耶利点点头，背着手开始观赏雕像，惊奇得连嘴巴也合不上。她很听姐姐的话，所以希思罗才想出了这个恶作剧，看看她到底有多乖。

　　"巴耶利，你不是想见英雄赫女吗？"

"是的，姐姐，是的。我已经见到了！"

"不，这个雕像只是她的化身，你想要见真正的英雄赫女，必须在雕像这里诚心祈祷两个小时。你愿意吗？"希思罗已经会调动面部肌肉了，此时她调整出最令人信服的表情。巴耶利那时还太小，不知道在锡曼屿文化中，语言和神态是最靠不住的东西。

"我愿意，姐姐，我愿意！"

巴耶利飞快地跑到雕像背后，靠着底座半蹲，虔诚地闭上了眼睛。回到课堂上时，希思罗还在心里偷笑。妹妹大概一会儿就会感到无聊，然后灰头土脸地跑回家了。她要好好嘲笑巴耶利一番。

尼尔老师进来后，希思罗才意识到这是节肯塔课。这是锡曼屿的孩子们在这里学习和生活的方式。年轻的男教师照例用长长的巴惹木教杆敲了敲黑板上方的标语，以此来吸引孩子们的注意。哈如利亚桑－克如斯，这是用古锡曼语写成的箴言，意思是自持是人类最伟大的财富。

"孩子们，在之前的课程中，我们学会了在各种情绪中自持，包括快乐、痛苦、悲伤。或者用佛教的话讲，贪、嗔、痴、恨、爱、恶、欲。学会自持，我们才拥有人的尊严，否则只是任人摆布的植物罢了。只要给它光和水，它就能按照你的意愿生长。花园和泥盆里的植物为什么容易被水泡死，正是因为它们不会自持。"

希思罗认真听着，甚至此时她还增强了大脑听觉神经的功能。她听出了尼尔老师平稳语调中的微小变化，推测着他的童年可能是在泰国度过的。她也听到了越来越近的雷声。

"但是，我们并非要在所有情绪中自持。唯一的例外是怖罪之心——'愧'。"

希思罗分了一点思绪给巴耶利。她回家了吗？还会在雕像后面蹲着吗？要下雨了，雨天的雨林可不是什么好地方。她要把这份担忧压下去吗？

"这是一种很容易辨别的情绪。当你犯了错误，当你伤害了别人，当你忤逆了长辈，甚至违犯法律，你会感到一种微妙的痛苦。夹杂着悔与悲，就像千根滚烫钢针扎着你的面孔，逼着你直视此刻肮脏的心灵，除非你牺牲自己的一部分用来弥补犯下的错误。这种情绪对我们的社会是有益的，请不要压制它。"

这时一道闪电划过，滂沱大雨倾泻而下。雷声几乎紧随其后，密集的雨如子弹一般击穿空气，地面瞬间积水成河。

"老师！"希思罗猛地站起来，她满脸通红，浑身是汗，"我的妹妹还在雨林里的英雄赫女的雕像旁边。都是我的错，是我骗她……"她第一次酣畅淋漓地啜泣，像暴雨一样释放着自己的愧疚。

跋涉了整整半个小时，他们才在雕像旁找到了巴耶利小小的身体。她的心脏几乎停止了跳动。过了很久希思罗才知道，害人的并不只是暴雨，还有见到姐姐的一瞬间那不加节制的欢喜和期待。

二、姜染

高中毕业后，姜染已经打定主意不再做任何一件"让自己不舒服"的事。18 岁以前，她已经被管教够了。

当然，大学生活多少也有些束缚，但姜染全然不顾。早课能逃就逃，班级活动从来不去，外卖零食堆满床头，没事儿就窝在寝室里看书。虽然老师讲课多有无聊，但人类学专业本身还是挺有意思的。还有室友，她在两年内整整逼走了 8 位，终于独占了一个四人寝室。但这还远远不够，令人不适的地方还是太多了。食堂浴室太远，没用的作业太多，寝室楼层太高，而且还没有电梯。辅导员也三天两头给她找不痛快，都到大三了，又给她塞了一个室友。

开学那天，姜染把寝室的床帘全部拉上，阻挡了所有的阳光。她在每张床上都扔满杂物，自己则在最黑暗的角落里，盘着腿架着电脑。幽暗的房间里，只有笔记本的屏幕发出微光，从下面照亮姜染的面孔。

这时，寝室的门被打开了。虽然没有脚步声，没有箱子拖动的声音，没有家长大惊小怪的招呼，但姜染知道有人来了。一缕异香在腌臜的小空间里扩散，这让姜染想起肉桂和香草，还混合着各种各样不知名的香料。

"你是新来的？"姜染大声问道。

"是的。"门口的女孩用标准的普通话回答。

"我先说下这个寝室的规矩。"姜染加大音量，试图增加气势，"凌晨两点熄灯，中午十二点之前起床不准发出声音，如果不能接受，趁早找导员转寝室。"

"好的。"女孩儿爽快地答应了。

"还有……我是寝室长，你得每天给我打两壶热水，带两次饭，小组作业必须跟我组队，当然都是你写，最终得分不能低于 A+。"

"好！"女孩毫不犹豫地回答着，"谢谢你！"

姜染一下子不知道该说什么好了。她不知道那个女孩是不是在讽刺自己，刚想探头看清她的脸，这时女孩已经进来，把走廊的光源关在了寝室门外。女孩没有开灯，甚至没有摸索开关的动作。她在黑暗里利落地整理着东西，就好像她能看清一切一样。

姜染合上电脑，心想这样也不是办法。"寝室长下令了。"她继续装腔作势，"把窗帘拉开。"

仿佛一阵微风拂过，香料的味道如影随形。蓝色的窗帘被一把拉开，九月的暖阳立刻灌满房间。一个个子不高的女孩儿站在阳光里，黑色的头发在脑后扎成一个发髻。她穿着简单的白色 T 恤和暗蓝色牛仔裤，外面披着一层红色轻纱，用金线绣着复杂的暗纹。皮肤稍暗，五官略平，神色淡然，眼睛是一种好看的浅灰色，像闪烁的银湖。

只瞟了一眼，姜染就被那双眼睛牢牢地吸引住了。她无法板起面孔，只能呆呆地望着女孩，过了半天都没回过神来。女孩也望着她，一动不动，身体甚至没有呼吸时的起伏。她像异域的神女。

"呃……你好，我叫姜染，你的名字是？"

"我叫希思罗。"女孩简单地回答。

"希思罗……"这不是一个中国名字，"你是交换生吗？来自哪里？"

"是的，我来自锡曼屿。"

"哦！"对于锡曼屿，姜染只在初中地理课本上见过这个名字，它是东南亚地区的一个小岛国，盛产香料和咖啡豆。

姜染突然感到有些羞愧，面对远道而来的客人，她未免有些太凶了。"你的行李呢？"姜染想缓和一下气氛。可她注意到，希思罗并没有拖着箱子来，只在寝室中间的桌子上放了一个茉莉色的小背包。背包的拉链开着，露出几本人类学专业大三会用到的教材。

"什么是'行李'？"希思罗诧异地问道。

"就是……被褥、洗漱用品和私人物品。衣服、化妆品也没有？"姜染往希思罗的包里瞥了一眼，除了书就只有一个塑料文件夹收着护照和一些文件。她想起自己大一刚来时，爸爸妈妈几乎帮她把整个卧室都搬了过来。

"他们说，在这里可以买到。"希思罗合上书，又单纯地盯着姜染看，把她看得发毛。

"没有从家乡带什么东西来吗？不怕这里的东西用不习惯吗？"

"什么是'习惯'？"她又问。

这回姜染有些糊涂了。希思罗的口音是非常标准的普通话，咬字清晰，比她这个北方农村出身的女孩还要标准。按理说，这么标准的口音肯定说明她的语文水平不低，可她的词汇储备量却这么少，她现在开始有点怀疑她是怎么考上大学的。对于大多数外语学习者来说，词汇好背，语音难校。

难道她在来中国前进行了专业的语音训练？

"'习惯'就是你经常做的事，你的……你在家的生活方式。听说你是第一次来中国，所有的一切对于你来说都是全新的体验，会不适应吗？"

"不会。"她简单地说，还是那样目不转睛地盯着姜染。

"不可能吧？"姜染觉得她一定是在逞强，胜负欲一下子上来了。"这种上床的梯子，锡曼屿有吗？你会上吗？"

还没等希思罗回答，姜染则说："你上一次。"

这时，姜染也敏捷地爬上床，却不小心碰到了床上的小桌，她赶紧扶稳。一回头，希思罗也爬了上去，蜷着双腿跪坐在木床板上，眼睛一眨不眨地盯着她，像一只小猫。

"你怎么上去的？"

"学你上去的。"

"哎，快下来！没铺褥子，会有木刺的！"

"木刺？"希思罗低头看了看膝盖。确实有几个红色的小点，已经在出血了。

"没事吧？疼吗？"看着她拔出一根大米粒长的刺，姜染感觉自己的膝盖都在疼。

希思罗抬起头，瞪大眼睛，姜染问出了一个很奇怪的问题。

"你说什么？"

"我说你的膝盖，疼吗？"

"疼吧？"仿佛姜染问了一句废话。可她的脸上没有一点儿痛苦的样子。

"快下来吧，我给你消消毒。"

"你先下来。"希思罗盯着姜染，眼睛还是一眨不眨，"我学习一下。"

姜染有点蒙了，她的室友，不会是一个机器人吧？

三、希思罗

母亲：

愿英雄赫女保佑，我已顺利入学。

正如您所提醒的一样，外乡人确实野蛮。他们无所顾忌地显露情绪，任面部肌肉抽搐，跟人说话时也会自顾自地眨眼。我受到了很多冒犯，但我原谅了他们。毕竟是不同的习俗，而我会很快"习惯"。

"习惯"是我今天新学到的中文词语。它可以是名词，可以是动词，代表着对一种生活方式的熟悉。现代锡曼屿语里没有这个词，因为我们可以"习惯"任何环境，无所谓"习惯"与"不习惯"。如果一个词语没有它的否定，或者不代表任何界限，那么这个概念也没有存在的必要了。就像没见过榴莲的人，不会知道它们有 D13 和 D200 的划分。我想，在这里我会学到很多这样的词汇，尽管有些很难理解。

在这里，我理解了您的担忧。不过没关系，我想我的同檐，一个原始的外乡人，会成为我的一个很好的榜样。与此同时，我会分辨出无意义的动作和真正有害的行为，避免受到天降惩戒。

我想再向您介绍一下我的同檐。她的全名叫姜染，姜是她的姓氏，不是那种外交官为了便于和外国沟通而自己编造的姓氏，姜是她的家族姓氏。她的父亲，父亲的父亲，以及往上所有男性都姓姜。我不知道她是不是姜国人的后代。姜国是中国两千多年前的一个国家，那时候先民还没有登上锡曼屿，而英雄赫女的故事也发生在一千八百年之后。

和其他外乡人一样，同檐说话的时候并没有特意抚平自己的音调，器官随性相磨，带着原始的噪声，跟我学习中文的材料相差甚远，我必须集中精力才能辨别。她和我说话时的面部表情在家乡也被视为一种冒犯，但我想他们没有这种礼仪。为了融入这里，我会适当放松自己的面部肌肉和声带，但别担心，我绝不会将这些坏"习惯"带到家里。

尽管如此，我相信同檐是一个不错的人。老人常说，"人的言语和表情就像海边的浪花，站在岸边的人永远不知道海洋深处有什么。"我没有忘记观察她的行为。同樯是我在中国很好的领航员。她带我买齐了"行李"，在三个商店里，还有两个商店在网上。

对了，说到上网，我在中国观察到一个非常奇特的现象。每个人都会花费很长的时间上网。当飞机在首都机场落地，轮胎刚刚挨到地面时，每个中国人都迫不及待地拿出了手机，并且一直盯着小小的屏幕，直到空姐宣布飞机已落稳，可以取行李了他们才收起手机。在摆渡车、机场大巴、地铁、校园的路上、商场的餐厅，人们都选择虐待自己的颈椎，将目光集聚在手机的屏幕上。而我的同樯绝对是其中的"佼佼者"。每天晚上，她都会使用手机，有几次还到了凌晨。尽管我可以通过屏蔽声光获得良好的睡眠，但我还是会感到好奇，她同一个姿势到底能够保持多久？

至于他们具体在用手机干什么，善良的同樯也给我演示过。她最"习惯"用手机玩游戏"聆风之神"，其次是使用社交软件。是的，微博、微信、聆风互动之类的，类似于中国版的 IG、推特。根据我的观察，在不使用"聆风之神"时，她会依次点开这些手机应用，手指上下滑动，然后再从头依次点开。在一些特殊的日子里，她会花三四个小时浏览网店，尽管她在生活中并不缺那些东西。

在她的建议下，我也下载了这些软件，并注册成了会员。她说，这会有利于我"习惯"中国。有时候在路上，在地铁上，我也会像他们一样低头看手机屏幕。但我不会使用网络，那里面并没有太多有益的东西。像尼尔老师说过的，不会自持的人类就像一株株只会趋光、趋水的植物，并不在意阳光是否会烧焦枝叶，或是暴雨腐烂根部。他们有趋网性，非常大的趋网性。

我会看书，母亲。我绝对不会像他们一样虚度时光。

最后，再次感谢您最终还是允许我来到中国。

哈如利亚桑－克如斯。哈如利亚桑－克如斯。

问父亲好。

问巴耶利好。

问英雄赫女好。

女儿，希思罗

四、姜染

"一个人可以有健康与不健康的状态，人格也可以健全或不健全。不适应社会的人，往往会被其他人说是有某种缺陷。那么社会本身也有可能不健全吗？弗洛姆曾经提出过'文明社会病理学'的概念，以此来探讨病态社会带给人类的影响。"

姜染坐在最后一排玩手机。这是上午的最后一节课，于教授戴着小扩音器，"刺啦刺啦"的噪声响彻整个阶梯教室。这里装满了京城大学人类学专业的大三学生，大部分人已经在前几节课就摸清了老师的脾气。

"弗洛姆认为，关于社会成员的精神状态，人们在观念上的'共同确认'非常具有欺骗性。数百万人都有同样的恶习，这并不能把恶习变成美德；数百万人都犯了同样的错误，这并不能把错误变成真理；数百万人都患有同样的精神疾病，这并不能使这些人变成健全的人。"

"但一百个人认为您讲课无聊，我觉得多少也能说明问题。"姜染小声嘟囔着，捅了捅同桌的女生，也是她唯一的室友，"希思罗，你去食堂帮我排个队呗，二楼东边那个麻辣香锅，超火的那个，一会儿那群绿精灵军训完了，咱就什么都吃不上了。"

"好的。"像往常一样，希思罗立刻就答应了。她放下笔，合上笔记本，抓起桌上一条淡红色的长纱，把披散的半长头发扎成一个松散的马尾。紧接着，希思罗在众目睽睽之下站起身，大步流星地走向教室的大门。

"喂，我的意思是让你从后门溜……"姜染咽下了后半句话，拿课本挡住了脸。于教授已经注意到了希思罗。

"在一些社会，操纵物的人越来越少，而操纵人和符号的人则越来越多。一个人能否晋升，取决于他是否愿意被人操纵。这位同学，离下课还有半个小时呢，你要去做什么？"

"去食堂排队。"希思罗停下脚步，自然地回答。她的声音很平静，脸上毫无愧色，尽管有两百多双眼睛盯着她，大家也都在议论着她，数不清的消息已经从学生们的指尖流出了这个教室。这可比上课有意思多了。姜染的脸已经红透了，甚至想趁机从后门偷偷走掉，以免老实的希思罗供出她的名字。

"去食堂排队，你叫什么名字？"

"希思罗。"紧接着她说，"您还有事吗？一会儿那群绿精灵军训完了，咱就什么都吃不上了。"

教室里发出一阵压抑的笑声，过了很久才完全消失。"希思罗……你是今年那个从锡曼屿过来的交换生？"

她点点头。

"好，我记下你了。"

"谢谢。"希思罗鞠了一躬，转身离开了教室。又是一阵笑声。"看来弗洛姆说得对，并不是所有的社会都健全。"

于教授关上教室的前门，"还有食物比知识更重要的社会吗？"

此时的教室里鸦雀无声。

"好，我们继续上课。"

现在教室的最后一排已经空空荡荡的了，姜染也已经趁机溜走了。她不得不承认，有希思罗的这段日子是她大学阶段最舒服的时光。这个女孩儿简直什么都顺着自己，作息时间，寝室物品的排布，甚至真的每天都在给姜染打水、带饭。至于作业，希思罗也总是一丝不苟地追随着老师的指导，给姜染拿了好几个 A+。加上这些平时的成绩，姜染觉得自己甚至都有保研的希望。

有时候，姜染也在想自己是不是做得太过分了，甚至听到有人在背后说她把希思罗当丫鬟用。姜染始终不以为然，她和希思罗形影不离，从来没有见过希思罗露出过半点不悦。再说了，她又不是什么老师、领导，希思罗不愿意做，她还能强迫人家不成？

直到今天，希思罗听她的话在课堂上早退，然后于教授当着所有人的面侮辱希思罗的祖国，姜染才觉得自己错了。也许她确实在利用文化差异欺骗希思罗，来满足自己的懒惰和私欲。

　　"喂，希思罗！"姜染大喊。通往食堂的路边栽满了银杏，扇形的金黄叶片层层叠叠的。风吹过来，希思罗头上的红纱轻盈飘起。

　　"怎么了，小染？"

　　"对不起，我不该……不该使唤你。"

　　"使唤？"希思罗又听到了一个陌生的词。

　　"就是让你替我做这做那的！太麻烦你了。"

　　"麻烦？"希思罗的神色一如既往地淡定，就像一幅静止的油画，"我不觉得这是麻烦。"

　　"不！我的意思是说，你用不着听我的。帮我打水、带饭、做作业，你可以干点自己喜欢的事情。"

　　"不听你的，我该听谁的呢？"希思罗轻轻地问，"喜欢的事情，又是什么？什么事情我都可以习惯，所以没有喜欢。"

　　姜染愣住了。怎么会有人没有喜欢的东西呢？她姜染就知道自己的"喜欢"是什么，玩手机游戏，刷社交媒体，逛淘宝；熬夜，睡懒觉，奶油蛋糕；紫色，羊奶，剑眉星目的男演员。她一直认为其他人也是一样的，毕竟小学毕业填同学录时没有人会空着"兴趣爱好"那一栏，就像所有人都能填上"姓名"和"性别"一样。

希思罗怎么会没有"喜欢"的事情呢？一定是还没找到。姜染的心里突然出现了一股巨大的责任感，她要拯救希思罗，帮她找到自己的"喜欢"。

"别去食堂了，跟我来。"姜染拉起她的手腕，带着她往校外跑去。北京的秋色染黄了所有栽满银杏的园林，就从这里开始寻找"喜欢"吧！

五、希思罗

这半年来，希思罗发现中国人会做很多事，包括有意义的事和没有意义的事。

姜染带她做了很多事，大多是没意义的，少部分是有意义的。但希思罗还是很感谢姜染，毕竟她们学的都是人类学专业，观察彼此的文化差异多少也算有一些意义。所以，希思罗一直顺着姜染的意思做事。这很简单，毕竟她已经是成熟的锡曼屿人了，没有什么情绪是控制不了的。

每件事情结束的时候，姜染都会迫不及待地问她"喜不喜欢"，但她从来都没有答案。

期末考试前的最后一次出游，希思罗被姜染带到了北京美术馆。这是拉斐尔主题的画展，其中有一幅真迹，其他都是仿品和投影。展厅里的人非常多，不乏穿着前卫服装的艺术家和妆容精致的少女。姜染告诉她，很多人是抖音、聆风互动、B 站、IG 和小红书的网红。姜染提到的这些都是 App 的名字，希思罗虽然有账号，但没怎么用过。有一面白墙上悬挂着拉斐尔的墓志铭，"Here lies Raphael，by whom Nature feared to be outdone while he lived，and when he died，feared that she herself would die." [1] 很多人都在那里排队拍照。

姜染拉着她转了一圈，用了不到十分钟。"太坑了，两百块钱就这些东西？"姜染毫无顾忌地泼洒着愤怒和懊悔，尽管情绪并不是很激烈。她们并没有相关的背景知识，所以欣赏不来文艺复兴三杰之一的作品。

但在最后一个展厅，希思罗愣在了一幅巨大的画前，那是整个展厅里唯一的真迹。中年男人在为一个抱着孩子的母亲画像，一名年轻男子在后面看着，画的右边是一头牛。色彩鲜艳，栩栩如生。

也许是注意到希思罗感兴趣，姜染明显兴奋起来。她举起一直捧在手里的手机，对着油画右下角的二维码扫了一下。

1　意为：拉斐尔于此长眠，在他生前，大自然感到了败北的恐惧，而当他一旦溘然长逝，大自然又唯恐他死去。

"这幅画叫'圣路加在拉斐尔面前绘画圣母子像'。"姜染认真地念 App 里面的介绍，"画的是传说中圣路加给圣母画像的场景，这个牛是圣路加的象征，后面这个人是拉斐尔。"

"传说中？所以拉斐尔画了一个他并没有见过的场景，并且把自己也画进去啦？"

"看起来他挺喜欢这么干的，我记得历史课上学过他画的雅典学院，也是把自己给画进去了。"

希思罗陷入了沉思。她也曾在课本上学习过文艺复兴时期的作品，了解过一些宗教绘画。当泰国佛寺林立、印度尼西亚身份证上必须填写信仰、新加坡自诩为宗教熔炉时，锡曼屿人却自独立以来都没有真正成规模的信教人。希思罗自己崇敬英雄赫女，但也只是有节制地赞许。

不仅是宗教，任何无法用双眼见识的东西，锡曼屿都没有。幻想小说、电影、非纪录片形式的电视剧，全部都没有。当孩子们在课堂上见识国外"伟大"的艺术品时，他们只会嘲笑那些做无意义之事的傻人。只有希思罗常常疑惑，这些艺术家是如何超越现实的界限，去描绘并不存在的事物呢？

在拉斐尔的画前，希思罗再次思考了这个问题。与儿时不同，她似乎感受到了一份古典的柔美与和谐。光影明暗，色块深浅，抽象与具象。她没有放任自己继续沉溺。自持是人类最伟大的品质，失去控制只会像巴耶利那样，在赫女像前心脏停跳，被抢救了一周才脱离生命危险。

回到寝室后，那幅画依然在希思罗的脑海中挥之不去。原因之一是她特地强化了记忆，把那幅画牢牢地记在了脑子里。她也可以随时消散掉这段记忆，但这并不是她的选择。与之相反，希思罗从书架上摸出两根签字笔，双手各持一支，开始在笔记本上作画。左手画圣母与婴儿，右手画拉斐尔和牛，最终在中间与圣路加交会……

随着画作成型，希思罗越来越专注，呼吸和心跳的频率也都在下降。冷汗从额头上滑落，但她没有注意到……

"希思罗，你在做什么呢？"姜染突然冒了出来，"这是你画的？也太强了吧！"

她一时没法回答，突然感到眼前闪过白光，她跌坐在椅子上深呼吸了几口。

"你没事吧？"姜染担忧地扶住她。

希思罗摆摆手，又过了半分钟才说出话："没事，缓过来了。"

"这是你画的？"姜染又问。尽管只有黑色线条，这幅《圣路加在拉斐尔面前绘画圣母子像》也已经成型，和美术馆的真迹有八九分相似。"还是左右手同时画的？"

希思罗点了点头。锡曼屿没有左撇子和右撇子的区别，所有人的双手都同样灵活。她不明白为什么姜染的表情这么夸张。这只是复制而已，一点儿新的东西都没有，有什么意义呢？

"希思罗，你能再画一次吗？"姜染哀求道，"我想拍下来。"

六、姜染

在网上冲浪这么多年，建了无数个账号，没想到自己也能火一把。姜染把希思罗左右手同时作画的视频上传 B 站后，短短几个小时就有了 500+ 的观看量，弹幕和评论数也快速增加。"首页通知书！"收到这样的留言后，观看量增长得更快了。

"快看！这么多人喜欢看你画画！"姜染兴奋得满脸通红，半夜把希思罗摇醒。睁开双眼后，希思罗完全没有睡眼惺忪的迷糊状态，而是立刻就清醒过来。

"为什么？"她看着数字，一向平静的面孔也显露出了惊讶的表情，观看量已经达到锡曼屿一个大镇的人数了。

"因为你画得好啊！你成网红了！"

"网红？你是说在画展上化妆自拍的那些人？"

"不一样的！"姜染耐心地解释，"网红有很多种，像你这样靠才艺出名的也很多。不过你倒是提醒我了，明天我得教你化个妆，我们开始直播，粉丝会更多！你先睡吧！"姜染兴奋地说。

"好的。"希思罗躺回枕头上，闭上双眼，立刻就响起了十分轻微的鼾声。

姜染愣了一下，也只好爬回自己的床铺。她太羡慕希思罗这种想睡就睡、想醒就醒的状态了。

第二天，姜染把自己压箱底的化妆品全部翻了出来，然后清走自己书桌上的杂物，打造出一个临时的化妆台。希思罗很听话地坐了过来。

"接下来是化眼妆，有点难受，你不要眨眼啊。"

"好的。"希思罗立刻睁大眼睛，一动不动，连呼吸带来的起伏都没了，姜染就像在给石像画眼线一样，但她的手反而有点抖。

"填满睫毛根部？懂了，我自己来吧！"

姜染把眼线笔递给了希思罗，心里还有点儿怀疑，这是新手化妆最难的部分，自己练了好久才会，希思罗可是第一次画……对着镜子，希思罗的运笔就像她画画时一样稳，一把就成功了，比姜染画得还要自然。

"太强了，要不你还是做美妆博主吧！"

"美妆博主？还有人愿意在网上看别人化妆？"希思罗看着镜子里的自己，神色依旧淡定。

那场直播很成功，同时观看人数过万，姜染很快就接到了商务单。

"我们要火了！"她的脸红到了耳根，"什么时候可以再画一次？"

希思罗还是那个淡淡的表情。姜染永远无法通过情绪变化来判断她下一句要说的话。

"要期末考试了，你还记得吗？"

姜染愣住了，仿佛一桶冷水当头浇下。她当然记得，只是永远有比复习更有趣、更想做的事。

学校发出期末考试通知时，她正拉希思罗去那个画展。

各科老师都开始画重点了，她则躲在宿舍里剪辑视频。

自习室和图书馆挤满了复习的学生，她则因为 B 站不断上升的数字而兴奋不已。

有一门 5 学分的考试开始的前一天，她终于被现实压在了书桌前，被迫翻开了书本。一张从笔记本上撕下的纸掉了出来，她意识到这是自己两周之前写的"复习计划"，如果完全按照计划，她现在应该已经复习两轮了，已经到了查缺补漏的时候。

她从来不会遵守计划，从来没有过。

"没关系，来得及。"姜染不断鼓励着自己。她重新撕下一张横格纸，试图把所有要复习的东西分成 12 份，填满考试前理论上剩余的 12 个小时复习时间表内。

背书的枯燥，理解的艰难，从心底知道自己已经无力回天的痛苦……那一瞬间，她仿佛回到了 13 岁。那时她知道自己不对劲儿，知道一直玩电脑、不去写作业是不对的，让父母伤心难过是不对的，可她就是无法控制自己进入那个虚幻的世界，不断品尝着打怪通关带来的虚假甜头。

"孩子们，大科学家巴甫洛夫养了一条狗。"那个男人很年轻，穿着发黄的白大褂，脖子上还挂着听诊器。小姜染躺在病床上看着他，男人下巴上都是没有刮干净的胡茬。

"巴甫洛夫每次给狗吃肉，都会摇响一个铃铛。久而久之，他一摇铃铛，狗就会流口水。这是因为他建立了一个条件反射通路。"

小姜染没有听懂。她记得在家里，这个人也把她比作狗。男人的助手在给她的额头和四肢缠绑带。

"我们现在戒掉网瘾，用的是同样的原理。只要你们一想玩电脑，就会被电击一下，将这种罪恶的思想和痛苦联系起来，你们就再也不想玩了。"

"啪"的一声轻响，疼痛立刻席卷全身。小姜染尖叫起来，助手立刻在她的嘴里塞了一块布。

事实证明，负反馈通路确实建立了。出院以后，只要姜染试图控制自己做不想做的事，电流般的痛苦会立刻从心脏涌向全身，逼着她想办法逃避。

自习室只有纸笔的沙沙声，所有的人都在认真复习，没有人能看见一个煎熬的灵魂。

坐定不到 10 分钟，姜染将手又伸向了手机……

接触到手机的一瞬间，她被希思罗按住了。

七、希思罗

"明天就要考试了。"希思罗把声音完美地控制在一个刚好能被姜染听到的音量，"你不是说今天不玩手机只复习吗？"听到这话，姜染倒是把手缩了回去，只是表情极其不情愿。

希思罗低下头继续看书。还有几页，她就能按两周前的计划完全复习完这门课了。老师课上画的重点已全部熟悉，甚至还有时间做两套模拟题。"中国大学的考试真简单啊，"

她想，"只需要短时记忆就能顺利完成。"

只听对面砰的一声，此时姜染已经背包起身了，还重重地把椅子往前一推，大步离开了图书馆。希思罗已经习惯了外乡人不懂自持、情绪肆意外露了。但同檐这样喜怒无常的人还是很少见的。考虑到同檐花费时间带她体验过那么多事情，希思罗决定再一次满足同檐的情感需求。她深吸一口气，加强大脑的记忆功能，迅速翻过几页书，把文字、图片和纸面的凹陷牢牢印在了脑子里。很好，复习提前结束了。

她在宿舍楼前的小树林里找到了姜染。不出所料，姜染在哭。有那么几个夜晚，她注意到姜染在被窝里默默流眼泪，但她并不知道是什么原因。

"你……还好吗？"

姜染抬起头，立刻冲上来紧紧抱住了希思罗。希思罗的家乡没有如此激烈的情感表达方式，一时间竟感到手足无措。带温度的面孔贴近她的脖颈，身体以前所未有的方式相碰，发丝扫着她的脸颊，她必须要克制很少出现的"痒"。希思罗花了比平常更多的时间来"习惯"这种触碰。

哭了一会儿，姜染才抽抽搭搭地放开她。"小希，我复习不下去。"

"为什么呀？"

"我不知道，让我干什么都行，我就是不想背书。"

"克制一下自己，默念'哈如利亚桑－克如斯'，意思是'自持是人类最伟大的财富'。"希思罗很自然地说，"然后你就可以克制玩手机的欲望了，不要想其他的事情。"

"哈如利亚桑－克如斯？哪有那么简单。"姜染抽了抽鼻子，"这十天前重点已经画好了，为什么那个时候你不开始背呢？既然你知道这次成绩的重要性，为什么不早点开始复习呢？你不是想读研究生吗？早知如此，为什么不早点准备？"

姜染的眼睛一下睁得很圆很圆，好像被刺痛了一样。尽管希思罗说的都是事实。

"那你呢？你都背完了吗？"

"背完了。"希思罗诚实地回答，"刚刚在图书馆又复习了一遍，全部背完了。"

"你什么时候背的？我们不是一直都在一起吗？"

"在寝室。每次我都叫你了，但是你不听。你一直在玩手机。"

"玩手机？我是在帮你运营 B 站账号！你不是喜欢画画吗？"

"我不喜欢画画。这个账号对我来说没有意义。我告诉过你，我没有喜欢的东西。这些对你也没有意义，你应该拿出时间来学习。现在还不晚，至少……"

"我不需要你来管教我！"

希思罗愣住了。她再次回忆刚才说的每一句话，这都是实话啊。姜染为什么会生气？这就是不自持的后果吗？

"我没有管教你，我只是……"她也不知道自己在干什么，她想让姜染平静下来去学习，但她不知道该用什么方式。

"别说了！我早该发现的，天天摆出一副无欲无求的样子，背地里偷偷用功，喜欢看我出丑是不是？"

"不是，"希思罗不假思索地回答，"你帮助过我，我希望你过得好。"

"哦，是吗？"姜染的脸皱成了一团，声音越来越大，全然不顾越来越多的围观学生，"那为什么我都这样了，你还是一张扑克脸，你真的关心我吗？你有感情吗？"撂下这句话后，姜染抓起背包就跑了。

第二天的考试，姜染没有及格，而希思罗考了全系第一名，校方破格允许她以交换生的身份参与保研竞逐。寝室里的气氛比冰还冷，姜染很快便搬走了。

姜染对她说的最后一句话，希思罗一直没有找到机会回答。是的，她是有感情的。尽管不知道为什么，但希思罗相信，她伤害到了姜染。而伤害别人，是要受到"愧"的惩罚。

不知道有多少个日夜，希思罗独自躺在寝室，忍受着燎烧心尖的痛苦。就像 7 年前害妹妹在大雨中晕倒一样，她并没有选择压制它。

第三章

从光亮进入完全的黑暗，未免太为难。

一、姜染

木门开了一条缝，13 岁的姜染趴在门口偷看。

那个穿着宽大黑西装的"叔叔"坐在矮木凳上，双腿叉开。他身体前倾，一手护风，一手给姜建点烟。姜建低下头来，他和陈小红都坐在饭桌旁的老凳子上。灶台的火刚熄灭，陈小红还没摘围裙，屋里各种烟雾缭绕。姜染被呛得捂住了鼻子。而吞云吐雾的人们却很享受。

"哥，姐，孩子的教育是重中之重。尤其是到了初中，那可是关键阶段，咱可不能随便放弃啊！"男人的姿态放得很低，但声音坚定。

"这……"姜建狠狠吸了口烟，皱着眉头看着桌上的粉红色薄纸。

上面密密麻麻地写满了字，他第一眼就看到了一个刺眼的数字。这个数字足有这个北方农村家庭一整年的收入。陈小红看看纸，又看看丈夫，粗糙的双手不断地相互揉搓。

"姐，我知道你们觉得贵，可这孩子的前途不是更贵？来咱家之前我可是有所耳闻，孩子是不是连课都不愿上啦？"

陈小红的嘴撇成一条线，眼泪立刻就下来了。"都怪俺，当初就不应该给娃买那电脑。现在课也不上，作业也不写，让她少玩一会儿，跟要她的命一样……"

姜建见状，赶紧把烟往烟灰缸边上一搭，笨拙地拍了拍妻子的肩膀。

"跟你有啥关系，其他娃都有，咱娃能没有？有问题咱就解决，有病咱就治。"

"哎，大哥，您这就说点子上了。"男人见缝插针，"咱孩子啊，明显是得病了。"

"啥病？"陈小红泪眼婆娑地抬起头，惊恐地问，"咱娃真有神经病？"

"不不不，这叫'网瘾'。"男人指了指粉红色的宣传单，又继续说，"青少年大脑发育不健全，自控力差，在接触到网络的花花世界后，是很容易得病的。"

"那娃……是不是长成大姑娘以后就好啦？"姜建问。

"可没那么简单！"男人扶了扶眼镜，继续说，"研究表明，每天上网时间过长，会对青少年的大脑和双眼造成不可逆的损伤。而且电脑屏幕的辐射对皮肤的影响也很大，咱这么美的姑娘，万一毁容可就嫁不出去了！"

"嫁不嫁人倒无所谓，可娃上次说，以后想到北京上大学，我才给买了电脑。这要是玩电脑玩成了个傻子……"陈小红又开始抽泣。

"你这个什么封闭训练营，只要一个月，真能把娃治好？"

"真能，哥，你相信我！"男人挺直腰板，眼神奕奕，"我们那里可是有专业的训练师、专业的医生、专业的设备、专业的训练计划，您听说过巴甫洛夫的狗吗？"

姜建摇摇头，"娃见了电脑，确实跟村头黄狗见了骨头差不离！"陈小红在桌子底下踢了他一脚。

"不不不，不是一回事。总之巴甫洛夫是一个著名的外国科学家，我们就是用他的理论来辅助治疗孩子的。现在已经在咱们村收了好几个小病号了，还有隔壁的小信，现在都在训练营老老实实待着，出来以后没一个想再玩电脑的。而且我们有专业电疗技术，刺激脑神经发育，学习成绩都噌噌提高！"

"行！"听到这里，姜建一咬牙，把烟屁股按灭，下定决心似的对陈小红说："娃她娘，先别哭了，咱俩合计合计。先把后院的几头猪卖了，我去外面再找点工做。老娘病得重，就靠你一个人照顾了。"

陈小红含泪点头。"就怕娃不乐意去啊，上次拔网线给她闹的，都差点儿跳河了。"

"爸！妈！"女孩哭着跑出来，扑进陈小红怀里，"我去，我去！都怪我没法控制自己，我一定好好治病，治好了就再也不玩电脑了。"

一家三口哭成一团，坐在矮凳上的男人露出了不易察觉的微笑。

十天后，姜染是被救护车拉出训练营的。

二、希思罗

本科毕业后，希思罗并没有留在中国。在一些依靠短期记忆的考试中，她的成绩很好，但在另一些考试和学习中，她总会感到心慌气短，无法深入思考和解题。不过，她遇到的大部分考试都是前一种，所以还是拿到了保研名额。

但她还是走了，因为母亲的强烈要求，更是因为巴耶利。

回到湿润炎热的家乡，她在北京干裂的皮肤终于再次得到了滋养。甚至连脚步都轻盈了许多。

两年没见，巴耶利看起来没怎么变，她积极地帮希思罗拿行李、收拾屋子，问希思罗在外面的见闻。

"姐姐，外面的人，真的不懂自持吗？"

希思罗点点头。"他们有时候会努力自持，但从结果上看，好像并不奏效。"努力忍笑，强压痛苦，若有所思，姜染各式各样的面孔浮现在希思罗的眼前。"他们有时候会尽情放纵，宣泄情绪。"在毕业酒会上，所有人都喝得酩酊大醉，姜染也在人群中又哭又笑，肆意宣泄着自己的情绪。

"真奇怪。"巴耶利说。她表情很淡然，是锡曼屿人的标准面孔。希思罗一开始也觉得外乡人奇怪。因为锡曼屿人强大的自控力，所以没有人会相信他们外露的表情，刻意表现反而会惹人厌恶。但是外乡人不一样，你可以看出来他们真正的情绪，尽管有时候也存在一些欺骗性。

"姐姐，这些是什么？"巴耶利指的是行李箱里的一本大书和三本厚厚的画册。这是拉斐尔的作品集和希思罗的临摹习作。她尝试了很多次，都无法画出自己没有见过的东西。

所以这些画仅仅是标准的复刻。

"一些从外乡带回的东西。"希思罗如实地说,"一些画。"

"很重要吗?"

希思罗一时不知如何回答。单论市场价值,这些东西加起来也不值 30000 锡曼盾,也就是 100 元人民币左右。但有一些其他的东西附在里面,姜染会怎么说,"习惯",还是"喜欢"?

"很重要,是很重要的东西。"

"我知道了。"巴耶利随即转身跑出房间, "姐姐你等我一下。"

很快,巴耶利带回一个陶罐,里面盛满了冒着热气的液体。

"这是?"

"妈妈刚熬的汤。"巴耶利抱着陶罐爬上希思罗的小床,双腿跪着在床单上移动,很快就挪到了摊开的行李箱旁边。

"巴耶利,你这是……喂!"还没来得及阻止,希思罗就眼睁睁地看着几年没见的小妹把一整罐黏稠的热汤倒在了自己的行李中。笔记本电脑,从中国带回来的各种纪念品,拉斐尔的画册,还有她自己对艺术创作的尝试,全部都毁了。震惊和不解冲上脑门,希思罗没有压制住情绪,从眼睛里一下泄了出来。

"姐姐，我做错了。"巴耶利把陶罐扔到一边，任由剩余的汤水渗进床单。"对不起，我做错了！"女孩的面孔皱成一团，眼睛立刻变红，然后灌满泪水。在希思罗没有反应过来之前，她快速跑出了房间。"我错了！我错了！"

但在那之前，希思罗分明在这张熟悉的面孔上捕捉到了别的东西。是得意，还是欣喜？看着满床的狼藉，她不知道该如何下手收拾，更不知道要多久才能消化那份心痛和遗憾。被毁掉的，可都是她在中国带回的最美好的回忆啊。

"这就是我跟你说过的，巴耶利的问题。"母亲不知何时来到门口，神色淡然地扫视了一圈后，也转身离去了。

三、姜染

又是一年晚秋，北京的夜色深了。

大学毕业了很久，姜染才学会和生活和解，和自己和解。那次挂科惨烈的期末考试，基本堵死了她保研和出国的路。而考研那种全靠自律的活动，她想都不敢再想了。但还好，读研只是父母的一厢情愿，她对此并没有多大的兴趣。毕业后，她凭借在 B 站运营百万粉丝账号的经历拿到了北京一家互联网大厂的 offer，这一干就是三年。

下班时，已经快十点了，打车软件上的排队人数还有200多人。楼下的咖啡店还开着，甚至还有人在里面加班。姜染想了想，走进咖啡店，点了杯没有咖啡因的饮料，坐在玻璃墙旁的高凳上，试图舒缓一天的疲惫。明黄的银杏叶隐没在路灯的暖色光芒间，没有了白天时的温暖惹眼。白果被来往的行人踩成烂泥。

有时候，她觉得很讽刺。在学生时代，家长和社会都视网络为洪水猛兽，光在她家那个小村庄，违规的戒网瘾学校就有两所。似乎孩子所有的毛病都是网络害的，必须得靠强制手段矫正。而现在，中国网民高达九亿，每人每周平均上网时长超过三十个小时，到处都是"低头族"。

至于当年节衣缩食送她去戒网瘾的父母，姜染每次打电话回家，都要提醒父亲少刷短视频，提醒母亲警惕网络诈骗。父亲曾说她像邻居家的黄狗，看到电脑就像狗看到骨头。如今路上走的每一个人都抱着"骨头"，时不时啃上两口，反而变得正常。他们的宝贝女儿甚至当上了跨国互联网公司的小主管，把令人上瘾的网络产品传送到地球上的每一个角落。

现在，她很自由，也很舒服。有着不菲的工资，生活的方方面面都变得友好起来。不愿意做家务，就叫保洁上门；

任何想吃的东西，直接外卖到家；太远的商家还可以找人跑腿。一切的一切只要给了钱，都能解决。她现在做着自己喜欢且擅长的工作，一居室的住房由着自己的性子布置。想买什么就买什么，一秒都不犹豫，都不耽搁。在这个繁华的大都市，似乎什么欲望都能得到即刻满足。至少对于一个在北方农村出生的女孩来说，这是儿时想都不敢想的天堂。

但是，她依然感到空虚。是多少大牌包包都无法填补的空虚。多少年来，她一直把自己的欲望和需求看作是一个围绕在自己身边的小妹妹，它总是大喊着要玩游戏、要吃零食、要买东西、要爱、要一个人待着。它是一个变化多端、暴躁无常的小妹妹。现在，她拥有满足小妹妹的所有能力，可小妹妹还是没有变得快乐，只是拉着姜染的五脏六腑往下坠。

她知道这是为什么。

"在当今的社会中，操纵物的人越来越少，而操纵人和符号的人则越来越多……"姜染总是想起于教授在那堂无聊的公开课上说的话。是的，现代社会，人们总是在操纵人，操纵各种符号。那些符号，又直接影响了人的欲望。深谙心理学的广告推销出的商品，滤镜和概念打造出的网红店，因为符合某方利益而被强调的传统习俗……人们的需求像流水线一样被制造出来。她不止一次地反思：

现在我们吃下的是概念，还是蛋糕？欣赏的是滤镜，还是风景？买到的是符号，还是舒适？那些快递堆在门口，唯一满足的只有"想要"本身。而"拥有"的快感却转瞬即逝，享受物品本身反而成了次要的。

但在这个世界，她停不下来。身边的"小妹妹"一直在说"我要！我要！"，在说"他们都有，我也要有！"，在说"要仪式感，要精致，要重复他们的生活！"。

在不断填补欲望的过程中，她总是在想，如果自己在另一个社会，被另一种文明塑造，想要的东西会不会不同？喜欢的行业、兴趣爱好，是不是也会不一样？世界总是在流动，电子游戏一会儿变成洪水猛兽，一会儿又要成为奥林匹克的项目。

如果不同的社会能创造不同的喜好，那她自己真正选择的那部分在哪里？她作为人的意义在哪里？人生最悲哀的事情，难道不就是完全活成了这个时代的缩影吗？

如果希思罗的"喜欢"是绘画，那么她的"喜欢"，究竟是什么呢？

"Hi，染染，就知道你还没走。"

吴玘端着一杯咖啡走过来。

四、希思罗

巴耶利变得越来越让人头疼。

一般情况下，她正常又可爱，好像还是儿时那个希思罗的小跟班。但在希思罗松懈的时候，她却会冷不丁地损坏希思罗的东西，或者用言语伤人。

希思罗没法责怪她，因为她会很快满脸眼泪地忏悔，然后哀嚎着跑开，展现出标准的愧疚。

"她在外面也这样吗？"

"已经退学了。"母亲神色依然很淡定，看不出任何情绪，"大错不会犯，只是做一些容易被人原谅的事。"

"多久啦？"

"有一年了。不知道为什么会这样，还有很多其他的孩子也这样。他们的行为让人捉摸不透。锡曼屿人会原谅，只要诚心认错。不过你永远无法预知他们下一步会做什么。也许只能放弃，毕竟再多痛苦也能自持。"

希思罗看着母亲的面孔，空洞之下掩藏着无尽的悲哀。痛苦可以被压制，恶行可以被"习惯"。母亲完美践行着锡曼屿人的信条，任由女儿越来越疯。但希思罗无法看着这种事情发生。

"母亲，我会想办法的。"

希思罗在巴耶利的房间找到了她。女孩儿的书架上摆满了碎片，质地各异，有陶瓷、纸张、玻璃、金属。其中有一片曾属于拉斐尔的画。希思罗有些惊讶，毕竟当时行李箱里所有的东西都被热汤泡坏了，有的抢救了回来，但更多的物品是被她含着眼泪丢弃了。难道是妹妹把它们当战利品偷偷捡回来了吗？

巴耶利坐在床边，冷漠地看着姐姐。她的眼睛和鼻头一圈都是红红的，眼白布满细细的血丝。她俩都有着银湖一样的眼睛，希思罗仿佛看到了另一个自己。

"你是来惩罚我的吗？我已经道歉了，我很愧疚，你不能惩罚我。"

"我相信你是真的愧疚。"希思罗只是侧身坐在妹妹身边，此时希思罗平视着她。"你上瘾了，对不对？"

巴耶利的瞳孔一瞬间变大了，但很快又恢复成常态。"我不知道你在说什么。"

"你对愧疚感上瘾了，是不是？一段时间不哭、不自责，就会难受，对不对？"

女孩没有回答。

"我能理解。"希思罗握住妹妹的手，放慢了语气说，

"自持是锡曼屿人引以为傲的品质，也是锡曼屿人的天赋。但在外面，姐姐见过太多难以控制自己、对各种各样东西上瘾的人。程度有轻有重，有的人会为此自残，甚至杀人，有的人只是……大多数人只是选一样'喜欢'的东西消磨生活，并渐渐离不开。'上瘾'与否不是非黑即白的开关，而是连续的图谱。我想大多数锡曼屿人是完全无法上瘾的，但不是所有人都这样。"

巴耶利望着姐姐，似乎没有完全理解她的意思。

"巴耶利，如果我没有猜错的话，这种事是你释放情绪的唯一出口对不对？"有了外界作对照，希思罗才知道她们童年学校的教育是多么严格，尤其是对于自持的要求。出于道德考虑，只有愧疚感才是被允许，甚至被鼓励的。对于锡曼屿的孩子来说，长大后有很多情绪会被理智瞬间消化、磨平，只有愧疚感可以一波一波涌来，然后被缓慢消化。一代一代的进化中，这是锡曼屿人大脑中唯一存在的正反馈通路。当然，这都是后来她和姜染一起研究出来的成果。而此时此刻，希思罗判断巴耶利的自控能力属于锡曼屿人中稍弱的那一种，所以才会沉迷于"愧疚感"。

巴耶利没有正面回答希思罗的话，而是对她说："可老师说过，只有动物、植物这种低等生物，才会被外界的事物带着跑。"

"自持能力的强弱跟人的品质优劣没有任何关系。"希思罗认真地说，"在外乡，很多上瘾的人都非常友好、善良。他们只是需要一些时间和精力与自己做斗争罢了。"

姜染的面孔再次在希思罗的脑海中浮现。在外乡沉浮的那些年，希思罗被真实的冷漠伤过，也被虚假的笑脸骗过。外乡人在某些场合赞许绝对自控，但又在另一些场合要求或真或假的激烈情绪，比如酒桌、葬礼、毕业晚会。她逐渐摸清了规律，学会有限度地显露情绪，以便达到自己的目的。越成长，她就越怀念姜染的真诚和热情，越懂得那时自己带给朋友的痛苦。愧疚感绵延不绝，在每个夜晚如潮汐般翻涌。

"姐姐，那我该怎么办？"巴耶利仰着小脸焦急地问。

希思罗探身抱住巴耶利，此时，她心里也没有主意。她从未上瘾，对戒断一无所知。

五、姜染

锡曼屿是太平洋赤道地区的小岛国。几个主岛呈水滴状，被称为"上帝遗落在大洋上的花瓣"。希思罗所在的钥尔城坐落在锡曼屿的南端，在当地古语里是心脏的意思，也是锡曼屿为数不多的几个大城市之一。锡曼屿没有多少国际航班，姜染从樟宜机场飞到巴厘岛国际机场，然后辗转火车、轮船，才进入了锡曼屿。除了将人紧紧包裹的湿热空气，这里独特的风俗令她着迷。在这里她几乎找到了读书时去田野调查的感觉，无处不在花草香也令人沉醉。

抵达钥尔城的那天，姜染选择了当地班次最多的摆渡轮船。船舱里拥挤且嘈杂，尽管她穿着锡曼屿的传统服饰笼纱——一条长纱编成的渐变色连衣裙，最后两端从左胸处交叉，甩到身后拖成两半披风，这是希思罗留下的礼物。在摆渡轮船上有好几拨缠着她的卖货人，其中一个又黑又瘦的小女孩轮番用标准的日语、粤语和普通话重复"姐姐帮帮我"，语言天赋和希思罗一样令人惊叹。最后干脆把一朵红底白点的殷血干花别在了姜染的胸前，这正是笼纱交错的位置。姜染熬不住乞求，还是把钱给了她。就当是保佑心脏了。

到码头后，姜染刚长吸一口新鲜空气，就听到有人在喊她的名字。

"我早就警告过你，别理船上的小孩子或是任何人。"

待眼睛适应了热带浓厚的阳光时，希思罗已经来到了身边，她仔细观察着姜染的脸色。姜染摆摆手，表示自己感觉还好。这时姜染才看清，在她努力融入当地文化的同时，希思罗则穿了一件白色紧身短上衣，下面是潇洒的高腰阔腿裤，加上夸张的圆耳环和金色鼻环，仿佛美国青春校园剧里走出来的高中生。希思罗的发量依然惊人，全部扎成马尾束在脑后，眼线和眉毛都画得很夸张。跟她走在一起，姜染不知道她俩谁更像本地人。

姜染颔首，行了一个锡曼屿的微距礼，希思罗则一步上前，紧紧抱住了她。希思罗发丝里的香料味儿令人迷醉。路过的锡曼屿人都侧目。

"你变了很多。"两人好不容易分开时，姜染调侃地说。

"你也是。"希思罗轻抚着姜染的耳朵，"睫毛少了，眼窝深了，脸颊有些凹陷，鼻翼……"

"好了好了，你不就是想说我老了嘛！"

姜染笑了，其实多少有点感动。在对锡曼屿文化的少量研究中，在多篇文献中都提到了当地人选择性记忆的特质，所以希思罗才能在考试前快速背完整本课本，并在一天后全部清空，从而为其他记忆腾出地方。正因如此，久别重逢的锡曼屿人会特意描绘彼此面孔的微小变化，暗示自己特意将对方印在长期记忆里。考虑到两人分开时的争吵，姜染无比感激希思罗没有把自己在脑海中"一键删除"。

"不是，我觉得你更成熟、更自信了。"希思罗露出自然的微笑，姜染有些不适应，"或者说，更自在了。"

"谢谢！"姜染感到自己的脸红了，工作以后，她确实找到了一定随心所欲的自由。"你也变了很多，我在 IG 和 TikTok 上关注了你的账号。标准的美妆类博主，这个月粉丝就能到一百万了吧？我真的没想到你会变成美妆博主。"

　　"在锡曼屿这个没有人玩社交媒体的地方当网红？"希思罗又笑了一下，"其实很简单，模仿一下其他博主，化个妆、穿个衣服就会有很多人粉你，商家和平台争着给你打钱，真是不可思议。也感谢你，要不是你当初拉着我在 B 站直播，我也想不到这条路。"

　　"是啊，真的是不可思议。"姜染走在锡曼屿的路上，两边都是穿着传统服饰卖小吃和饰品的当地人。没有人低头使用手机，无论是穿着正式的中年人，还是背着挎包的学生，全部昂首挺胸，直视前方，专心走路。所有锡曼屿人的面孔都如当年的希思罗一样，淡然冷漠，没有表情。初看起来感觉有点冷漠，甚至有点恐怖。如果不是希思罗跟着，她断然不敢独自走进这样的人群。

　　她真的能让公司的网络产品征服这个独特国度吗？姜染的心里在打鼓。临行前，她曾试探地问吴玘要不要一起来，但吴玘觉得自己的隐语义算法完全可以远程作业，所以就没有跟着一起来。

　　飞机起飞时，吴玘的 MVP（最简化可实行产品）版本聆风互动 App 已经在锡曼屿上线了，公司的看板上转眼就有了第一批数据。理智告诉姜染，要分出胜负还早。推特、脸书也早就进驻了锡曼屿，他们也有一定日活，但用户一直少得可怜，还不如锡曼屿当地的工具类 App。但她还是很担心其他人的产品会占得先机，拿走所有的奖金。她知道，公司里觊觎这块互联网处女地的人实在不少，其中不乏比吴玘更厉害的算法工程师。

　　希思罗则是姜染的先机。她始终相信，与冷冰冰的算法相比，深入一个地区的文化环境才能真正发现需求，做出被当地人所喜爱的产品。前提是锡曼屿人真的有"喜欢"的能力。

　　思绪拉回，姜染必须面对的第一个挑战是在永远沉着冷静、观察细致入微的希思罗面前隐瞒自己的来意。

　　她隐隐感觉，要达到大领导要求的日活人数并拿到巨额奖金，必须深深"玷污"这方无瘾之国。

　　但她别无选择。

六、希思罗

　　这些年姜染肯定受了不少苦。希思罗还记得昔日室友充满活力的样子，但她已经被不自持毁了，和所有外乡人一样，高糖高油和暴饮暴食糟蹋了她的皮肤，熬夜玩手机玩游戏使得黑眼圈更重，颤抖的手指，发青的脸色……她心脏的状态肯定更糟糕了。哎，外乡人为什么就不懂得自持？

带姜染回家的路上，希思罗讲了巴耶利的事。

"你的判断是对的，这确实是上瘾的一种表现。"姜染认真听完希思罗的话，思考了一会儿才说，"我也不是没听说过对痛苦上瘾的例子，很多人甚至会用自残的方式获得快感。但在其他国家，对愧疚感上瘾还是很罕见的事。"

"她没法控制自己。"希思罗想起妹妹就泪流满面，"即使她知道这样做是不对的。"

"如果能控制，还叫上瘾吗？"姜染笑了，"你是不是很难理解？"

希思罗没有说话。在外乡学习的这几年，她无法理解的事情太多了。烟草损害心肺，酒水破坏肝脏，赌局伤身伤心，每个人都知道这些道理，却无法戒除。短视频、直播只能无意义消磨时光，暴饮暴食危害心血管系统，同样每个人都知道，却往往沉溺其中。那些心口不一的人，明明理智已经指明道路，却非要臣服于心中的欲望。

"之前你说的是真的吗？"姜染换了个问题，"锡曼屿人都和你一样，不会对任何东西上瘾？没有烟草、咖啡、可可，没有致幻药问题？没有人沉迷电子游戏或网络小说？没有孩子因为去网吧而逃学？"

"是的，没有。其实我们也没有什么娱乐项目，或者说我们也不需要什么娱乐。我们从小开始就是按部就班地学习、工作，仅此而已。当然，我们有咖啡、可可和香草的产业，只是专供出口。"

"我知道了。"姜染低头看着自己胸前的干花，"你们只是在利用别人的瘾来挣钱，就像你在网上直播一样，而你自己却不受任何欲望的束缚，真是一个乌托邦啊！"

"也并非一直如此。"

希思罗停下脚步，此时两人已经到了英雄赫女的雕像前。儿时与巴耶利玩闹那会儿，这个仰首半跪、膝盖以下化为利剑的女孩雕像还半掩隐在丛林里。如今她的四周已被开发成一个小广场，是游人来锡曼屿一定会观赏的地方。

"锡曼屿经历过多轮殖民，语言文化被侵蚀不说，二战期间更是沦为了侵略者的实验场，很多锡曼屿人都遭受了非人的虐待。"

姜染点点头。

"锡曼屿的人虽然少，但也奋起反抗，组成了很多游击队在丛林中与敌军作战，但死伤惨重。"希思罗轻轻抚摸着雕像的黑色底座，温热的石头仿佛在鼓励她将历史诉说，"英雄赫女就是在那个时候出现的。她是从敌军实验室里逃出来的，虽生得娇小柔弱，但是内心有很强大的力量。"

"在一次试图炸毁敌军实验室的行动中，大部分伙伴都牺牲了，反抗军几乎全军覆没。就在这时，她自断一条腿，爬向了敌军将领装作投降，成功骗过了很多双鹰一样的眼睛。在将领俯身查看她的那一刻，赫女从断腿的横截面突然伸出一柄血红色的利刃。她一跃而起，没有人看清事情是怎么发生的，而将领的头就落在了地上。敌军方寸大乱，嚎叫声响彻云霄，因为他们都看见了，斩首将领的利刃是由赫女的血肉和骨头组成的，是从她的断腿处长出来的。他们认为锡曼屿人已经掌握了将身体变化为武器的能力，所以不敢在这里久留。这么多年，锡曼屿人才终于取得了独立。"

讲完后，希思罗抚过刻在基座上的铭文"自持是人类最伟大的财富"。当年巴耶利就是在这里被她的任性伤害的，她必须把巴耶利从奇怪的"瘾"中拯救出来。所以，收到姜染想来锡曼屿参观的脸书私信时，她立刻答应了。

"很英勇的传说。"

"这不是传说，这是真实发生的事情。"

希思罗回过头，姜染脸上挂着礼貌的敬重。姜染怎么就不懂呢？锡曼屿人没有传说。他们无法想象从未发生过的事情，不能描绘从未见过的景色。

就像她尝试了无数次，也无法像拉斐尔一样画出不存在的神明和神兽。偶尔会有一个念头闪过，这也许正是自持禁锢了飘逸的思维，也让锡曼屿人无法得到艺术之神的眷顾。

这是一个值得付出的代价，不是吗？

七、姜染

考察进行得并不顺利。

希思罗家是独门独栋的两层小楼，姜染住在客房。左邻右舍都是这样的小房子，多数房子都有自己的花园，但它们并没有栅栏。姜染常能看到各年龄的人在花园的躺椅上享受日光浴，一副悠然自得的状态。当然，如果凑近看，就会发现一张紧绷的面孔，没有任何表情。

希思罗的父亲是公务员，母亲则在学校工作，全部都是 955 的工作时间。希思罗没有正式工作，每天在社交平台上直播两个小时。看到她手法娴熟地画出各类仿妆，姜染不由得想起自己第一次教希思罗画眼线的画面。巴耶利则多数在自己的房间里学习，或是在学校上课。不知道是不是因为家里有外人，巴耶利这段时间并没有做什么出格的事情。一家人都是脸色淡漠，就算一起吃饭也是如此，姜染适应了好久。

在希思罗的提议下，姜染跟着希思罗的父母去了市政府和当地的学校参观。在政府部门工作的人面容严肃，看起来比较容易令人接受，可学校里的孩子们就像机器人一样捧着课本，整堂课都正襟危坐，多少让姜染感到有些惊讶。

当然，姜染去了锡曼屿很多地方，低头看手机的人确实极少。手机对他们来说是名副其实的工具，只在必须要沟通时才会使用。可是，在这里姜染却发现很多人在用功能机。希思罗不在的时候，姜染会鼓起勇气搭讪面无表情的锡曼屿居民，给他们展示自己色彩丰富、令人眼花缭乱的智能机屏幕。然后打开在全球拥有亿万用户的 App，刷出几个在全球都很火的无字梗图或翻译成锡曼屿语的笑话。锡曼屿人一般都会礼貌地看几秒钟，但是却没有人表现出特别的兴趣。

对于这种状况，姜染是有心理准备的。毕竟对于推特和脸书这种热门软件来说，全球可供盈利的大人口基数市场太多了，像锡曼屿这种弹丸之地不值得他们花心思做本地化，没有适合他们的内容和设计很正常。她计划继续深入体验锡曼屿人的生活，从而做出一款真正扎根本地的社交 App 产品，而不是将成熟的产品拿过来换层皮，或者用特殊的算法来作弊。

转眼一个星期过去了，调研进展得并不快，但姜染发现，自己竟然越来越喜欢这里了。

咖啡厅、烟酒、网吧、赌场，这里没有任何成瘾性的物质或场所。姜染不会在路上受到二手烟的伤害，也没见过一场以把人灌醉为目的的聚餐。没有人玩手机，而自己为了融入其中也就忍住了不低头。没有电影院和电视机，没有综艺和选秀，没有娱乐明星和漫天绯闻，新闻里永远是真正的时事与政治。在这里最受人尊敬且收入最高的职业是工程师。这里没有北上广最常见的那种大商场，只有卖实用生活用品的超市和小店。姜染想起自己收到第一笔工资时，曾出于"犒劳犒劳自己、女人在职场需要撑场面"等想法买过一个上万的 LV 挎包。而在锡曼屿，品牌效应并不存在，包包的价签上标注的永远都是真正的使用价值。

说实话，初到锡曼屿时，看到四处晒太阳的年轻人和低矮的建筑，再加上极低的智能手机普及率，姜染一度觉得这里非常落后，需要移动互联网的"拯救"。但这几天生活下来，姜染仿佛发现了另一种完全不同的人生。

离开手机和咖啡，离开所有成瘾性的产品，离开消费主义，离开撩拨情绪的影视作品和强行引出多巴胺的电子游戏，一天竟然有那么多时间可以用来做更有意义的事情！姜染时刻感到神清气爽，灵魂似乎第一次将目光转向了自身。

　　回望过去，她花了多少时间因为自己不够强的自控力而与欲望痛苦拉扯，又因为要不断满足欲望而浪费时间和金钱。而希思罗，还有锡曼屿的每一个人，都天生拥有高度自持的能力，时刻保持清醒和明朗，理智和感情从来不会打架，这是多么令人羡慕啊！

　　所以，锡曼屿根本就不是世界上大多数人想的那样，不够文明、不够发达，他们只是在当今复杂的网络环境中的唯一一片净土。

　　然而，互联网荒漠并不等于文明的荒漠。就像塞缪尔·亨廷顿说的那样："好几个世纪以来，很多欠发达地区都认为西方化等于现代化，盲目去崇拜西方的一切。学习他们的政治制度，用拉丁字母改造文字，甚至复刻吃穿用度。但是随着社会的发展，大家发现西方化和现代化并不能画等号，本土宗教回归和东亚文化蓬勃发展就证明了这一点。"到了现在，人们又开始定义赛博化等于现代化，觉得所有的文化都要向网络社会发展，将智能手机普及率作为文明的标志之一。但也许不是这样的呢？也许有些文明有着自己的娱乐方式，从根源上根本不需要移动互联网提供廉价的精神甜品。也许这反而是一种进步。

而她现在在做什么呢？纯粹为了满足一己私利而试图把一个纯洁的国度拖入过度娱乐的泥潭，让互联网把同化了世界的范式带给这个文化。

可是，如果放弃"入侵"锡曼屿，那她还有什么机会能在这么短的时间内摸到巨额财富呢？而且对这片土地虎视眈眈的人，并不只有她一个。

铃声突然响起，打断了她的思绪。是微信电话，她已经好久没有打开过微信了。

"喂，染染，你那边进展得怎么样？"吴玘的声音传来。

"还好。"她想了想，改了口，"还没有什么进展，其实……"

"我这边也是，数据出了点问题。"

八、希思罗

面对一张空白的画纸，希思罗迟迟无法下笔。

自从姜染来了以后，巴耶利乖巧了很多，不再需要有人时刻盯着。她俩常常在姜染的房间里一待就是两个小时，出来后也不再故意犯错了。

不管姜染施了什么魔法，希思罗都很感激。她又有时间探索那个一直无解的问题了。

拉斐尔所有的作品她都已经临摹过了，浓郁的色彩和温柔的面庞似乎在线条组成的二维平面上发光。仅仅是用笔描摹光影，她都已经能感受到无尽的柔美与和谐了。有那么一瞬间，她似乎触摸到了艺术的边界，了解到人们为何会为艺术痴狂。

但她无法创作，一笔都不行。有时候她试图闭上眼睛让持笔的双手在纸面上随意游走，看看自己潜意识中有什么怪奇的画面。但那行不通，她的双手跟身上每一块肌肉一样，必须要意识发出指令才会行动，就像没有输入程序就无法运行的机器。

这到底是为什么呢？

儿时，尼尔老师几乎每节课都在强调自持是人类最伟大的财富。"孩子们，在之前的课程中，我们学会了在各种情绪中自持。快乐、痛苦、悲伤。或者用佛教的话讲，贪、嗔、痴、恨、爱、恶、欲。学会自持，我们才拥有人的尊严，否则只是任人摆布的植物罢了。给它光，给它水，它就能按照你的意愿生长。花园和泥盆里的植物容易被水泡死，正是因为它们不会自持。"

希思罗学得很好，并为此而自豪。她坚信自己不是愚蠢的植物，不会呆呆地定在原地，由外部环境掌控自己生长的形态和方向。她是人，她的理智可以完美控制自身。

但长大以后，她却发现不懂自持的外乡人也能过得不错，甚至更加丰富多彩。姜染带她见识了艺术和互联网，如今她在全球有一百万粉丝，尽管丝毫不解自己为何被"喜欢"。她是花了很久才搞明白什么是"喜欢"，那是"上瘾"最初级的形态。

思考得越久，研究得越深，她就越疲惫，甚至有时喘不上气来。心跳慢了下来，血液涌上大脑，呼吸逐渐停滞，世界从边缘开始陷入黑暗，房间在视野中心倾倒。

"希思罗，注意自持！"

母亲的声音传来，她才立刻回过神来，呼吸和心跳也慢慢恢复了正常。

她木然地跌坐在床上，母亲走到她身边，伸手抚摸她的脸颊。

母亲的手指很凉，也许是自己在发烫。

"太危险了，希思罗。你要学会控制自己。"待体温逐渐恢复正常后，母亲坐在她身边，"早知道这样，当初我就不应该答应你去留学。"

"是我自己要求的，母亲。"希思罗说，"我无法理解历史课本上写的东西，那些游戏、影视。人们的行为不符合逻辑。"

"那你现在理解了吗？"

希思罗没有回答。

"其实，在我年轻的时候，也曾和几个姐妹去外乡闯荡过。那时锡曼屿的香料和咖啡业务还没做起来，很多人根本不知道这个国家的存在。即使知道的人，他们也觉得我们懒惰、落后，看不起我们。确实，锡曼屿没有高楼大厦，也没有花里胡哨的消费娱乐场所，只是因为我们不需要这些。外乡的繁荣是有代价的，那就是群体的不自持。外乡人的无数产业都建立在不理智的头脑之上。那一套玩弄原始感情的社会体系，让人们相信自己需要无价值的商品和服务，并为此付出无价值的劳动。而社会顶层的人，也仅仅是能够买到更多无价值的商品和服务。所有人都在一摊烂泥里生活，被各式各样的'瘾'所左右，一年中也清醒不了几天。"

"这些画，也没有意义吗？"希思罗指着拉斐尔的作品，圣母正朝着两人微笑。

"如果是写实画，能比得上相机吗？如果是虚构画，就更没有意义了。"

"可是，发明相机的也是外乡人。"不知道为什么，希思罗第一次反驳母亲。在过去，就算不同意母亲的话，她也会默默压下情绪，选择服从，就像违背自己的意愿从中国回来那次。久而久之，她意识到，面对一句话，她已经没有下意识的反应了。"艺术家没有存在的意义也就罢了，为什么锡曼屿也没出过一个科学家呢？"

"不要用外乡的评价体系来评价锡曼屿，我说过我们是不同的物种。他们是没有意识的植物，而我们更加高级，可以完全凭自己的理智行事。"对于希思罗第一次的反驳，妈妈似乎有些生气。

"那我们活着到底有什么意义呢？"希思罗不明白，"只是不断学习、工作，还是到底为了什么呢？"

"为了活着。"母亲立刻回答。

"活着，就只是为了活着？"

"这个不需要深究。"母亲的声音突然大了一些，"注意自持，不要太深入沉浸在一个念头中。锡曼屿人的身体无法承受这些。"

"为什么？"

"会死的！"

希思罗和母亲都愣住了。她从没见过母亲这么激动过。就算巴耶利点着了半个卧室，母亲也只会赤脚走上滚烫的地面，精准浇灭火焰。事后也没有过多地斥责她。

"你的姝笠阿姨就是受到了外乡的诱惑，从此难以自持。她的身体停止了响应，变回成一株植物。如果你也总是想这些没用的事情，你迟早也会这样。"

希思罗不再说话。从她记事起，姝笠就躺在医院里，没有任何意识，靠各种机器维持生命。就在去中国前，她参加了姝笠阿姨的葬礼。当时的邻居说，植物人能活这么久已经是奇迹了。

"自持并非天赋，而是一种诅咒，对不对？"希思罗轻声说。每次她试图作画时，身体都会用减缓呼吸和心跳来惩罚她。而母亲的其他姐妹也都在外乡失去了生命。

"不要再想了。"母亲的面孔恢复了冷淡，然后用命令式的语气甩下一句话，便起身离开了。

"但你还是让我去了北京。"希思罗冲着母亲的背影喊道，"你用国际机场的名字给我和巴耶利取名。你还是想出去，对不对？"

母亲走出房间，没有回头。

"有时间关心一下巴耶利吧，尽一下为人长姐的责任。她在你那个朋友那儿越待越久了。"

九、姜染

姜染的笔记本电脑被巴耶利搞坏了。

不知道她是什么时候下的手，电脑眨眼间就不见了。后来他们在花园里发现多了一个土包，刨开后里面全是扭曲的金属零件。巴耶利看起来那么瘦小，是怎么抡动铁锤的？

不管怎么样，她哭着来找姜染道了歉，眉眼低垂，声泪俱下，看起来真诚极了。

三天前，吴玘打电话过来，讲了一通自己的发现，或者说是"失败"更合适。吴玘引以为傲的隐语义算法本来可以根据用户的各种行为算出偏好并给予相应推荐，以此来不断迎合用户的喜好，从而增加用户对产品的黏性，这本该是一个放之四海而皆准的模型。

"产品已经投放两周了，用户虽然不多，但他们只要安装了程序，我的代码就能自动搞到该手机上其他行为数据，即使离线也能记录下来。"

"你这不合法不合规！"姜染忍不住打断他。

"灰色地带,灰色地带,总之我的代码学习了整整两周,什么数据都没增长。"

"什么意思?"

"意思就是,锡曼屿人根本没有偏好。不仅表现在没有喜欢的商品和内容,连个人操作手机的独特模式都没有。他们将手机完全当作工具,需要什么就直接搜索,没有任何多余的动作。在购物 App 上,推荐的商品从不会多看一眼,就算跟他们刚下单的东西高度相关。而社交媒体、爱好、政治立场甚至是性格统统都检测不到数据,也没有人晒自己的生活。至于即时通讯应用,我不该窥探人家隐私我先道歉,但他们跟家人发的最多的内容竟然是什么时候回家吃饭,连个多余的表情都没有。这是一帮刚学会上网冲浪的原始人吧?"姜染没有说话。她早就预料到了这一点。锡曼屿人精于自持,心中有一条社会认可的基准线,一切喜怒哀乐都可以被轻易压制。

他们没有偏好,没有"喜欢",更不会上瘾。

"总而言之,我觉得是根儿上有问题。你不是搞人类学的吗?在那待了这么久,有啥突破口吗?"

"能有什么进展?根本就是铜墙铁壁。"姜染随便敷衍了几句就挂了电话。她没告诉吴玘,突破口其实她已经找到了，就在这个屋子里。就是她认识的、锡曼屿唯一一个上瘾的人。

"姜染姐姐，这是什么？"巴耶利拨弄着头上的脑电帽，脸上平淡如水。

"可以帮你不再搞坏别人东西的东西。"姜染边回答，边调试着笔记本电脑上的摄像头。

"是的，母亲让我不要这样做。"巴耶利说话的声音没有一丝起伏，"但只要真诚道歉就可以被原谅，这是老师教过的。'愧'会惩罚我。"

"对，没错。"姜染拿出一副眼镜，上方夹着两个黑色的小方块，"还差一个东西，不要动。"

巴耶利立刻不动了，连呼吸律动都停止了，就像石头一样僵坐在椅子上，任由姜染给她戴上眼动仪。

"好了，可以动了。"

"动哪里？"巴耶利天真地问。

"想动哪里都行。"姜染打开了电脑屏幕，上面是几个花花绿绿的页面，"姐姐想给你买个礼物，你自己挑一下吧，鼠标给你。"

"好的，谢谢姐姐。"巴耶利接过鼠标，在搜索栏输入一行字，然后点了第一个。"选好了，最近我的洗发水用完了。就要这个，谢谢姐姐。"

"我说错了，我要给你十件礼物。"姜染作势收拾东西，"慢慢挑，我出去一下。对了，我的笔记本电脑很贵，要爱护它。"

当姜染再次见到这台电脑时，它已经是花园土堆里的残骸了。

但没关系，姜染的眼动仪已经拿到了足够的数据。

一般人都拥有中央凹视野，离中央凹视野越远，图像越不清晰。而不自觉的眼球快速跳动可以让人们专注于多个区域，给人一种可以清楚地看到一切的错觉。因此，眼动数据展现在图像上就是一群密密麻麻的小箭头，且覆盖页面的大部分地方。而巴耶利的眼动数据则很奇怪，一共就几个凌厉的折线，从一行文字迅速转到另一行，最后转向右边的翻页按钮，极其干净。

在姜染的学习和职业生涯中，只在几个老年人身上取得过这么少的眼动数据。眼部晶体由晶体蛋白构成，随着时间的推移，化学成分发生改变，弹性就会降低。到了60岁，视网膜接收到的光线就只有20岁的1/3了。视觉能力退化，视野有效区域缩小，视觉动作协调能力下降，都会导致眼动能力的下降，反映在图像里就是更稀疏、范围更小的箭头。

难道锡曼屿人的眼睛都已经老龄化了吗？巴耶利和希思罗都有着清亮的银灰色双眼。不，不会的。除非是设备有问题，只记录下了几个最显著的数据，使得他们看起来就像……就像能完全控制自己眼球的移动一样。

姜染已经完全明白了，关键词只有一个，是她非常熟悉的于教授曾经在课上教给她的：植物神经躯体化。

呼吸、心跳、眼球转动、激素分泌；情绪、欲望、瘾……那些原本由植物神经控制的活动，如今也归入意识的掌控之下。也就是说，只要锡曼屿人愿意，他们对自己身体的控制能力可以达到前所未有的程度。

多么神奇的民族，多么神奇的物种。

但即使是这样，也不是全无漏洞的。

就在巴耶利砸坏姜染电脑，她一边哭一边往后院埋的那一刻，她的眼动数据恢复到了普通人的水平，变得杂乱无章，少了那份凌厉和干净。

十、希思罗

很长时间没有动静，希思罗以为巴耶利已经"戒"了那种奇怪的瘾，没想到妹妹竟然把远道而来的朋友的电脑砸坏了。

姜染无法像他们一样快速平复情绪，她会不会很生气、很难过、很自责？一定是这样。而且姜染也没有找希思罗告状，所以希思罗是两天后才知道这件事的。

　　从母亲那里得知事情的经过后，希思罗立刻去了姜染的房间，但姜染并没有在房间。本来整洁干净的客房充满了外乡的气息，零零碎碎的物品散落在各个角落，床脚缠着几缕发丝，桌子上原本架着电脑的地方铺满了 A4 纸。希思罗想起她们住宿舍时，姜染床铺的零乱程度比这个还要严重。她感到一丝遥远的亲切，但转瞬即逝。有时候，她迫切地想要抓住那个缥缈的信号，就像掠过深海表面的一缕清风，可一切只剩平静。

　　她叹了口气，走进客房，想帮姜染收拾一下，就像在宿舍里她经常做的那样。铺铺床，扫扫地，整理一下桌上的废纸。不，不是废纸，每一张白纸都被姜染龙飞凤舞的汉字填满了，有几个字绝对超出了本地人的理解范畴。刚开始学习中文时，希思罗可没想到手写体会如此难认，仿佛抽象的画作。她拾起一张纸，仔细辨别了几秒钟。

　　《锡曼屿互联网爆发式增长可行性报告》，作者：姜染。

　　希思罗迅速整理起报告，带着几分疑惑看了下去。姜染从没告诉过她要写这份报告，她以为姜染只是来这里做人类学调研。

　　正式报告只有三页纸，其他的都是草稿。姜染直白地写出了自己来锡曼屿的目的就是帮助自己的公司占领这一互联网荒漠，并且一上岛就在用各种方式进行实地调研。希思罗积极带她去拜访的邻居、家人、政府官员，都是姜染观察的对象。

　　调研并不顺利，姜染描绘了锡曼屿人的种种"奇怪之处"，如面如冰霜、亲情淡漠；没有娱乐需求，也没有娱乐产业，不受好莱坞、迪士尼的文化侵蚀；没有发展出自己独特的娱乐文化，没有传统或现代艺术，一切以实用性为主；没有失眠，精神类疾病发病率极低，医院和药店没有止痛药；有强大的咖啡产业，但岛内并没有多少人饮用咖啡；自控力极强，没有发现任何上瘾现象；语言中没有习惯、喜欢、偏爱。为什么用了这么多"没有"，他们真有那么"落后"，那么"奇怪"吗？希思罗并不觉得。这些表达让她感到一丝转瞬即逝的不适。

　　姜染把所有的"古怪之处"归结为一个词语——植物神经躯体化。她说锡曼屿人的生理结构具有特殊性，本无法被意识控制的植物性神经变成了躯体神经，也叫动物性神经，它可以在一定程度上被人的意志所左右。从理论上来说，锡曼屿人可以像控制五指的张合一样控制心脏的收缩。不过锡曼屿人并没有意识到这一点，基础而重要的生理运动主要还是被潜意识接管了，这一方面保证人体在可控性提升的情况下保持正常运转。另一方面也造成了意识资源的占用，所以大部分锡曼屿人更加喜欢闲适的生活，整个锡曼屿社会的节奏也不快，甚至落下了懒惰散漫的名声。如果锡曼屿人过于专注或是情绪激烈，意识资源被过度索取，便会出现呼吸不畅、心跳过缓甚至危及生命的情况。简而言之，就是身体"忘记"做这些事了。为了避免这种事情发生，锡曼屿衍生出了强大的"自持"文化，帮助他们的身体尽快平复各种激烈情绪。

至于锡曼屿人身体异常的原因，姜染查阅史料，推断锡曼屿人原本就有一定程度的变异。当年侵略军占领锡曼屿后，在实验室中放大了这种特质，促使当地人完全的植物神经躯体化。依据有二，一是二战前，锡曼屿还有药物"上瘾"记录，社会形态与东南亚其他国家无异；二是二战期间涌现出了很多类似英雄赫女的故事，共同点就是将自己的身体变化成武器。最常见的就是将骨头破出皮肉变成血刃，或是延长皮肤形成绳索。自然界也有这样的情形，一种叫壮发蛙的青蛙在遇到威胁时会将自己的骨头折断，然后从断裂处长出锋利的爪子并刺透趾垫。对于人类来说，这体现了非凡的控制程度和忍耐力，可以说是自控的巅峰形式。

　　"植物性神经"，看到这里，希思罗想起尼尔老师的话"学
会自持，我们才拥有人的尊严，否则只是任人摆布的植物罢
了，给它光，给它水，它就能按照你的意愿生长。花园和泥
盆里的植物容易被水泡死，正是因为它们不会自持。"这不
是一个比喻，他说的是真的。她不应该怀疑，锡曼屿未曾有
过传说。

　　姜染并没有在此止步。希思罗找出新的一页，继续看着
挚友对自己族人最为深刻的剖析。

　　在这种特质下，部分反射通路被彻底切断，"上瘾"就
是天方夜谭。但姜染还是找到了突破口。在锡曼屿，只有一
种情绪是被允许合理释放的，那就是"愧"，也只有"愧"
保留了原始的反馈通路。通过脑电帽和眼动仪，姜染已经掌
握了"愧"的脑电波信号，并使用公司的超级计算机结合于
教授的脑神经数据分析出了"愧"的信号，并把它复刻到了
其他脑区。换句话说，就是将躯体化的植物神经打回原形，
变成不受自我意识控制的正常植物神经。而信号的大规模释
放，仅靠一个月前在锡曼屿发布的产品便可完成，只需要一
阵规律的振动，一缕触达指尖的电流，一段开屏时炫目的闪
光……

　　锡曼屿人的大脑将与正常人无异，对互联网产品上瘾也

就不再是难事。

一丝恐惧与震惊转瞬划过希思罗的脑海。身体对于飘逸思维的控制令她无法想象如果锡曼屿人恢复"上瘾"特质后会出现的翻天覆地的变化。一些既定的回忆画面不断涌现出来，纽约地铁站丧尸一样的吸毒者，拉斯维加斯输光家产的赌徒，北京胡同里醉得满脸通红的大汉，樟宜机场每一个低头看手机的游客……还有很多很多像姜染一样，彻夜打游戏，红着眼说"再来一局，再来一局"；考试前静不下心来复习，痛哭流涕撕纸捶墙，把手机扔到一边又捡回来；说起童年在家乡的经历，竟然有那么多家长为了不让孩子打游戏，把他们送去接受电击治疗……那么多混乱，反复，自我撕扯，这些全部都要在平静的锡曼屿上演吗？

最令希思罗无法接受的，正是姜染写在最后一页的数据参考来源，她一直在利用无辜的巴耶利做实验。

"巴耶利！巴耶利！"希思罗大喊，但无人回应。

她跑出房门，一家一家走访邻居，说服他们删除手机上非必要的 App。她在街上拦住路人，央求他们卸载 App，却没有人理睬。热带的阳光如此热烈，凡是能够照耀到的地方，没有人的兜里不揣着手机。有多少人，下载了那款图标是蓝色银杏叶的 App，有多少人即将告别自己平静的生活？

她怎么，她怎么敢……

希思罗一时无法自持，歪倒在路边。

在那篇报告的最后，姜染写下了一句意味深长的话："锡曼屿，将会发生翻天覆地的变化。"

十一、姜染

发完传真回来，姜染在房间门口愣住了。因为此时希思罗正坐在床边，拿着她的报告。

"你怎么能这样？"希思罗用中文发问。她的五官就像冰刻的雕像，生冷坚硬，声音也平静得近乎机器。虽说她平时也冷漠淡然，但此时此刻，姜染觉得最后一点人气儿都从这张面孔上消失了。

"我……"

"我好好招待你，你怎么能拿我的妹妹做实验？"

"我没有伤害她。"姜染低头走进房间，把希思罗手上的 A4 纸夺走，跟手中的报告终版放在了一起。

"那你的脸上为什么有'愧'？"

"我……"姜染一时无言以对。她深吸一口气，转身面对希思罗。"我只是想……互联网时代有很多便利，我希望你们也能够享受，而且……"

"我们不需要。"希思罗的语气还是很平静，但那比大声指责还让姜染难受。"我们不需要你们那些所谓的便利。你以为我不知道吗？有多少需求是你们自己创造出来、又声称可以满足大众的？你们把对孤独的恐惧、对身材的焦虑、对财富的渴望打包成商品出售，然后管这个叫更高级的社会，却看不起已经参悟了这一切皆是虚妄的我们。"

"那你还在当网红？还接广告卖东西？而且你们的咖啡产业，也是靠咖啡因成瘾起家的。"

"我那是……"希思罗的表情波动了一下，姜染知道锡曼屿人的冷静并不等于理智或真理，"利用你们的欲望挣钱，正是我们更加高级的证据。"

"更加高级？"姜染感到热血上头，"你们为世界贡献了什么，一个科学家还是一个艺术家？你们会爱吗？你们有活着的意义吗？有喜欢的东西吗？"

希思罗的表情再次波动。姜染知道，想象、艺术与创造力还有家人间纯粹的爱，正是希思罗隐隐渴望拥有的东西。

"我们不需要这些，这只不过是低等物种的自我安慰罢了。"希思罗说，"在外乡这么多年，我其实早就看出来了，你们爱的东西都是假的，都是环境赋予的。换个环境，我相信'爱'就会变化。你说你爱某个游戏，本质上爱的是即时的良性反馈，换个游戏换个厂商你还会爱上。你说父母爱你，那也不过是激素使然，如果生在你家的是别的孩子，他照样也会被爱。尼尔老师说得对，你们就是植物，无法凭自己的意志移动，只能任由环境摆布。你们这样活着也叫有意义吗？"

"你怎么敢这么说我的父母！"姜染气得浑身发抖，心脏也突突直跳。手里的几页报告被攥成了一个长条。

"看看，这就生气了。像我们就绝不会生气，花时间在情绪中打转是多么可悲！而你想把整个锡曼屿拖入原始的泥潭，又是多么可怕！"

"我只是想给你一个选择，一个礼物。"姜染感到心脏跳得越来越快，她赶紧捂住胸口，蹲了下去。"我只是想让你尝试一下你不曾拥有过的习惯、喜欢与爱，让锡曼屿人的感情，不再只有'愧'这一个出口。"

"小染，你没事吧？"

姜染摇摇头，深吸了几口气。

"我要走了，小希。如果我做错了什么，我很抱歉。"

第四章

那些火星显然没被击败，只不过是在潜伏或休憩，尽管无人知道，它们到底代表着生命还是死亡。

一、检查

还是本科生的姜染坐在北京首都医院地下一层放射科核磁共振室外的塑料椅子上，呆呆地望着自己的双手。她今天穿了一身运动服，没有拉链，没有金属扣子，什么首饰都没戴，帆布包和手机都放在了走廊那边的更衣室里，护士一遍又一遍地提醒不要留下任何金属物品。

来这里做检查的大多是老年人，有一些坐在轮椅上，由家人照看着，像她这样年轻的面孔很少。连她自己也很难过，年纪轻轻的，大脑怎么会出问题呢？

一周前，姜染鼓起勇气去于教授的办公室，向于教授说明了希思罗在那堂公开课上公然早退的原因。姜染承认是她自己的错，请于教授不要扣希思罗的分。于教授很意外，也接受了姜染的道歉，条件是姜染必须给她当一个学期的助手。姜染根本不懂什么"文明社会病理学"，但还是答应了。那时她和希思罗已经分道扬镳了，姜染也是偶然知道希思罗可以保研，甚至能留在中国的事情，她不希望由于自己的原因给希思罗造成阻碍。

与其说是助手，不如说是实验对象更恰当。于教授的主攻方向是神经方面，姜染一来教授就给她做了全方位检查，脑电帽、眼动仪、肌电仪，什么都用上了。本来只是拿个样本数据，可几天后，于教授却很严肃地让姜染去医院挂个号，做一下颅脑平扫。

于是姜染就一个人来了，此时她的脑子很乱，心里很冷。"006 号，姜染！"护士终于叫到了她的名字。她赶忙上前，把预约表递给护士，走进了核磁共振室。"脱鞋，躺在这里。手放在两边，头不要动，不要咳嗽，不要清嗓子。"

姜染闭上眼睛，感觉自己被送进了一个狭小的空间。本来她也不想清嗓子、咽唾沫，但护士这么一提醒，她反而有了这种冲动。她总是很难抑制自己的冲动，此时她只能拼命握紧双拳，尽力忍耐。为什么就不能在患者能看到的地方装一个屏幕呢？在耳机里放点音乐也好啊。那时她还不知道，这些电子设备都会在仪器的影响下坏掉。太难受了，她开始在心里默默数着一道穿过仪器巨响的钟表嘀嗒声。

1，2，3……

"我不能肯定这是一种病。"于教授的声音在她的脑海中回荡，"可能大脑有器质性病变，只有核磁能看出来。"

"老师，到底是怎么回事？"姜染焦急地询问。

"根据目前看到的数据，我只能说你的神经系统有一些不正常。"

34，35，36……

"你平常情绪怎么样？波动大吗？有没有对某种东西成瘾？抽烟喝酒吗？喝咖啡吗？"

"我……还行。有时候确实控制不住自己的脾气。不抽烟不喝酒，喝不了咖啡，心脏会难受。可能是咖啡因不耐受。"

"有其他上瘾行为吗？奶茶？网络小说？电子游戏？"于教授还记得她只是一个大三的学生吗？

"呃……我确实挺爱玩电子游戏的。小学时还被家里送去戒瘾。不过现在玩游戏的人这么多，也挺正常的不是吗？"

"戒瘾……是戒瘾学校吗？"

"对。"

"会用电击的那种？"

125，126，127，128……

"人体内有两种神经。"于教授敲了敲木桌，"植物性神经和躯体性神经。植物神经系统也叫自主神经系统、不随意神经系统，很大程度上负责无意识地调节身体机能，如心率、消化、呼吸速率、瞳孔反应等。与之相对的是躯体神经系统，也叫动物神经系统。可以将中枢神经系统所下达的命令传到骨骼肌以产生所需的运动。不太严谨的说法是，植物神经系统是我们无法控制的，它们靠自动运转来维持基本生存状态，而动物神经系统则可以靠我们的意识来控制，指挥手脚完成脑海中的动作，使我们面对这个世界，有更强的主观能动性。"

姜染呆呆地听着。

"人是最有可塑性的生物，什么人文、社会环境都能适应。再难吃的食物，再难堪的屈辱，再痛苦的风俗，再恶劣的气候……人总是能活下来，正是因为躯体性神经的存在。从理论上来讲，两种神经存在相互转化的可能性。电击就是其中一种情况。根据手上有限的数据，我大胆猜测，你的身体里因为有躯体神经植物化存在，所以你的自控力相对于其他人来说比较弱。"

"也就是说，我就像一个原始动物一样，只是靠反射活着？"

"不不不，你别这么想。其实你的数据还在正常范围内，只是接近边缘值。"于教授拍了拍姜染的肩膀，手有点抖，"说实话，我一直在寻找办法，去治愈我们现在文明世界的疾病，我想我快要看到曙光了。"

"您这是什么意思？您想把人的躯体神经都变成植物神经？"

345，346，347……

"恰恰相反！我想要的是将植物神经变成躯体神经的法宝。你还小，你不知道一个人人都可以自控的社会，将会变得多么美好。没有暴力，没有欺骗，人人负起应有的责任，不会因为私欲而做出伤天害理的事情。"

"于老师，您怎么哭啦？没事吧？"

"不好意思，我想起了一些家里的往事。没事，孩子，先去约个脑部的核磁共振，把片子拿回来我看看。没事的，孩子。"

563，564，565。

"好了，完事儿了小姑娘，下来吧。两个工作日回来拿结果。"姜染回到更衣室，默默套上羽绒服。教授准备拿自己的大脑做实验？这个她可以接受。但她已经打定主意不让于教授知道希思罗的存在了。不知道为什么，那天于教授的眼神如此可怕，就像……

就像要挖开某些人的脑壳。

二、姜染发病

姜染参加工作的第三年，聆风公司提出了进军锡曼屿的战略宏图。她本来没有什么兴趣，可男友吴玘一直在劝她。情绪激动之下，她误将吴玘的手冲咖啡当成自己点的无因咖啡喝下，随后便昏倒在地。

那天是吴玘开车送她去医院的，幸好没等救护车，要不一切都晚了。到了急诊室她的心脏几乎停止了跳动，大夫立刻上了电除颤，她这才捡回一条命。

在病房醒来时，守在她身边的是从村里连夜赶来的父母。母亲看起来哭了一晚上，见女儿醒了又开始哭诉，说当初就不该听信骗子的话送她去戒瘾学校，害得乖女儿因为心脏问题进了无数次医院。父亲的头发全白了，面庞消瘦，眼睛下面耷拉的皮肤和放在膝盖上的左手都在不停颤抖，那是极力在控制烟瘾的表现。

"小染，你醒啦？"一个熟悉的声音在耳边响起。

姜染抬起头，半晌才反应过来这个戴着口罩的女人竟然是于教授。几年没见，于教授看起来又老了不少。姜染很意外，自从拒绝继续帮于教授做实验后，她们就没有再联系过。

"爸，妈，你俩能帮我去买点吃的吗？我想吃面条。"

"哎，哎，没问题。"母亲赶紧站起来，抹了把眼泪就往外走。

父亲立刻跟了上去，左手已经在口袋里摸索了。

等老人走远，于教授才在姜染旁边坐下。

"于老师，您怎么来啦？"

"我现在虽然在大学教人类学，可是当年也是医学出身，北京现在很多神内的大夫都是我的学生。"

"您是不是把我当案例给他们讲过？毕竟您说过，我是您见过的第一个有躯体神经植物化倾向的人。"

于教授没有正面回答。"你知道你这次有多危险吗？心脏植物神经紊乱，很严重的那种，随时可能过去。今天如果再晚会儿到急诊室，哪怕一分钟，都……"

"会让您少一个珍贵的活体样本，对吗？"

"小染！"于教授嗔怪。

"对不起。"姜染垂下目光。她一直不喜欢于教授的理念，她认为整个社会都是需要医治的病人。

"小染，我知道，你一直在利用从我这里学到的技术。"于教授笑了笑，"那些 App 做得很精巧，使用者会经历短暂的躯体神经植物化，从而失去自控力，沉迷于你通过小屏幕灌输给他们的欲望。'产品魔女'，他们是这么叫你的，对吗？"

姜染瞪大了眼睛，"您跟吴玘聊过啦？"

"是他主动拜访的我。他想知道你的秘密，而我一看你设计的页面就知道了。虽然不知道具体细节，我无法复制你的技术，但原理绝对是相通的。"

姜染闭上眼睛，一时有些心慌气短。

"小染，现在最重要的是你的病啊。各种层级、器官的植物性神经紊乱非常难以治愈，很多患者终身带病，靠良好的生活习惯、平和的心态延长生命，辅以谷维素来帮忙调节。但对于一些病情非常严重的患者，这是远远不够的。你认识赵信吗？"

姜染迟疑地点点头，在遥远的记忆中她搜索到了那个名字，他是小时候邻居家的同龄男孩。两人经常凑在一起打游戏，父母总说是小信带坏了她。

"两年前他已经去世了。也是严重的植物性神经紊乱，突然人就没了。紊乱的原因，跟你差不多，躯体神经植物化。"

　　听到这个消息，姜染的整个心凉透了。"那我还有救吗？"

　　"小信反复发病那段时间，是我的学生一直在救治。"此时于教授的眼睛亮晶晶的，"为了能救更多类似的患者，他早早签了遗体捐献协议。是我亲手解剖了他，剥下一条条神经的。我们终于找到了一个办法——植物神经躯体化。一种可以把植物性神经短暂转变为动物性神经的药物，能够让你的意识拿到更多的控制权。换句话说，有了它，你可以控制自己的心跳，命令它永恒规律地跳动。"

　　姜染立刻抓住了于教授的胳膊，像窒息的人抓住氧气面罩一样，"我需要它。"

　　于教授看着她，脸上露出遗憾的表情，"那种代号'风信子'的试验药物是用小信的神经做成的，量非常少，要扭转一个人身体里所有相关的神经，是远远不够的。你需要找到一种信号模式，一种能在体内正常运转的植物神经躯体化模式。然后我会用小信的神经做药引，为你植入可以转换神经模式的电信号仪器。"

　　"电信号仪？那不就是一种电击吗？"姜染的眼神暗

淡下去。"对，但不全对。这只是一个可以改变神经传导方式的小玩意儿罢了。不过装置加手术需要五百万元。"

"这么多钱？"

"对，这还是在可以找到转换信号的前提下。"

"没有别的选择了吗？"

于教授似笑非笑地说："对于你现在的情况来说，这至少还有得选吧！"

第二天，姜染不顾自己的病情返回了公司，直接冲进大领导的办公室。

"请批给我一个十五人的团队，包括推荐、DATA、开发和运营。"

"姜染，你？"本来也在办公室的吴玘惊呆了。姜染看都没看他一眼，因为此时她要为自己的心脏争取时间。

"只要一个月，我一定代表公司拿下锡曼屿。"

三、姜染治疗

又是一个北京深秋的夜晚。

姜染叹了口气，从网约车上下来，走进高楼林立的CBD。这里没有银杏树，各种耀眼的灯光和招牌让人有些恍惚。她的约会是在一家东南亚风情的高级餐吧，门口有保安，里外的墙壁上都装饰着风格各异的现代艺术作品。常有外国人在餐吧的小花园里举办婚礼派对。自从开始接手公司的海外产品，她就经常在外国同事的朋友圈里刷到这里。

见到姜染过来，吴玘赶忙从预订的餐位上站起来迎接她，同时示意服务员上菜。

她轻轻抱了一下吴玘，脱下外套搭在他的电脑包上，坐在了卡座对面。这时，她注意到那里还藏着一个首饰盒，看不出来是卡地亚还是梵克雅宝，她突然心头一紧。

咚，咚，咚……她默默数着自己的心跳。

十五天前，姜染猛地起身，一时间头晕眼花，各种连在她身上的仪器导线乒乒乓乓互相碰撞。

过了一会儿，她才意识到自己在一间病房里。从周围的布置来看这里像是首都医院，难道她已经回到中国了吗？

她感觉不太对劲儿，她的视野非常模糊，只能看清正中间的东西。她必须主动转动眼球去看周围的东西，然后让大脑把信号拼接起来，试图获得一个正常的视野。没过多久，她的眼睛就变得又干又痒。正常人每分钟大约要眨动十五次眼皮以达到清洁和湿润眼球的作用，而她自清醒以来就没有眨眼。姜染闭上眼睛，努力把眼泪挤了出来，顿时感到眼球像被刀划破了一样疼痛。

接着，窒息感袭来。姜染闭着眼倒退回病床上，胸部剧烈起伏着。但她很快就控制住了自己的频率，以防止二氧化碳过量排出引起呼吸性碱中毒。

最后，姜染又重新感受到了心跳。不是摸到脉搏，不是听见"扑通"声，而是像移动手指一样的掌控感。

咚，咚，咚……

姜染想让它快它就快，想让它慢它就慢。姜染确信，如果勤加练习，她甚至可以控制瓣膜的开合。"植物性神经躯体化"这个念头在她的脑海里闪过，难道她已经接受了于教授的神经治疗了吗？

"哎哟我的染染，你终于醒了！"母亲拎着两袋包子冲进病房，捧着她的脸蛋儿，扑在女儿身上痛哭。母亲的面孔沧桑了很多。

姜染轻抚着母亲的后背安慰着她，这时她从床头的小镜子里看到了自己的面孔，冷漠、淡然，像戴着一副人皮面具。就跟锡曼屿人一样，跟过去的希思罗一样。

"女士，我想跟姜染交代一些事。"

"哎，哎，好的大夫，我这就出去。"母亲抹着泪起身往外走，"包子别忘了吃，还有啥想吃的就跟妈说哈！"

等母亲关上房门，于教授再次坐到姜染的病床旁，观察着她的脸色。"恢复得不错。"

"你是不是给我用了'植物神经躯体化'疗法？"

于教授点点头，有点担忧地说："第一次用，没掌握好量，有点过了，你可别忘了心跳啊！"

"啥？"

"我说你得时刻记得要心跳。"于教授面不改色地说，"你现在的神经都归意识管了，你要是忘了，心可就不跳了。"

"这……"姜染赶紧深呼吸了一下，从而平复一下自己的心情。

"我昏迷了多久？"

"十五天，从首都机场晕倒算起。幸好没在锡曼屿发作，算你命大。"

姜染僵硬地笑了一下，"是不是以后我干不了别的，只能在家里数心跳？"

"那倒不是。"于教授说，"神经有自我恢复的特质，你很快就会变得像过去一样了。但我在你左手的大拇指上植入了一个神经电信号转换仪，你只需要按动一下，植物神经就会进行短暂的躯体化。如果出现植物神经紊乱的症状，比如心脏不舒服，你就按一下。"

姜染看着自己的手指，内侧有一道浅浅的疤痕。除此之外，她没有感到任何不适。小时候的她肯定想不到，有一天她会把电击用的仪器戴在身上，只要一按就可以获得近乎完全的自控力。

"染染。"她敏锐地察觉到，于教授换了一种语调，"我尽心尽力帮你完成了手术，算是救了你一命。我要的东西，你是不是也该给我啦？"

"什么东西？"她明知故问。

"植物神经躯体化的信号啊，你给我的是加密版本，虽然能用，但我没法破解。你能给老师解密吗？或者告诉老师，这个信号是怎么得来的？你明知道老师一直都在找这些资料。"

"认为这个社会有问题，想要改变它，是吗？"姜染冷静地说，"对不起，这个信号的来源，已经被我先一步改变了。过不了多久，这种信号就会在这个世界上消失。对不起。"

"我救了你的命，你怎么敢……"于教授的脸皱成一团，一把将桌上的玻璃水杯摔在地上。一声巨响，玻璃碴四溅。姜染连眼睛都没有眨一下。

母亲和几个护士应声进来，只见红着眼睛的老教授，紧按着自己不住颤抖的左手。

四、恢复

"小染，小染？"

姜染回过神来，吴玘正担忧地望着她。

"你的脸……刚才变得很白，而且一动不动，连呼吸都没了，你没事吧？"

姜染摇摇头，感到有些眩晕。自从接受了治疗，她一陷入回忆或沉思就会化成一尊没有血气的雕像。身体仿佛忘记了呼吸，甚至是血液循环。即使没有按动左手大拇指的开关，偶尔也会这样。有时候，她会怀疑这是于教授的报复。五百万元都已经给她了，她还想怎样？

"我没事。"

"小染。"吴玘舔了舔嘴唇。每次要说出一些姜染不爱听的话前，他都会下意识地这么做。姜染提高了警惕。"我们这次合作很成功，我获得的那一部分奖金也用来给你治病了，我可是连眼都没眨一下。我这么说可不是要你还钱哈。我只是在想咱俩也谈这么久了，这次也算经历了生死考验，我觉得是不是……"

"吴玘。"

一位戴口罩的侍者端来一个花盘，放在两人中间。娇艳欲滴的香槟玫瑰花中间是一枚闪闪发光的钻戒。

"小染，你愿意嫁给我吗？"

姜染没来得及阻止他，吴玘已经手持戒指，单膝跪地了。此时，餐厅的乐队开始演奏情歌，其他客人也开始礼貌地起哄，邻桌的外国人甚至吹了几声口哨。

姜染一下子愣住了。

她爱吴玘，这毫无疑问。她对吴玘的爱是心理上对他温柔的依赖，而吴玘对她的感情也丝毫不用怀疑。吴玘曾两次在生死关头救了她，还毫不犹豫地拿出平生最大的一笔奖金保她性命，在婚后一定也会继续呵护她、爱她。

从现实来看，吴玘的客观条件也非常好。除了个子不高，可是他的五官是姜染从小就喜欢的剑眉星目；虽家庭条件一般，但事业心强，目前的收入远超同龄人；最重要的是他知道姜染患有难治的病和后遗症，还完全接受，换成别人几乎是不可能的事。换句话说，如果拒绝了吴玘，姜染估计自己这辈子都很难嫁人了。

可是，尽管感情上、理智上吴玘都是最优选择，可是为什么此时此刻，她还会迟疑呢？

也许正是因为他太优秀、太完美了。按这个社会的标准来看，他是完美的男友，五个女朋友的经历教会了他如何挑口红、如何说甜言蜜语，这完全可以满足当代女孩独立又脆弱的心理。他是完美的"社会人"，挑中风口上的行业，踩着时代的潮流步步高升。他也将是一个完美的丈夫，他们可以养育几个孩子，周末开车带全家去阿那亚旅游，生日送她最火的奢侈品包包。他会是朋友圈里最完美的眷侣。

吴玘仿佛就像这个社会的人形化身。有时候，姜染甚至怀疑吴玘使用隐语义算法算出了这个时代的底色，然后利用这个标准走向成功。

如果姜染接受了他，就意味着接受了这个社会赋予她的一切。她也将成为一个好妻子、好母亲，在商城里尽享珠光宝气，在朋友圈展现幸福家庭。当然，她还是会继续工作，成为新时代需要的女强人，负责影响范围更大的产品，把全世界的人都拴在一方小小的屏幕前，为他们制造欲望然后再满足他们。而她呢？她所有的欲望也可以被满足。尽管那也是其他人为她制造的愿望。

总有一天，新的社会会为她的孩子们创造出新鲜的欲望，而那时她也已经老了，将无法容忍那些新奇的东西，就像自己的父母当年拼命阻止她玩电脑，甚至不惜借钱把她送进戒瘾学校一样。

吴玼的面孔深情而热切，钻石在烛光下无比闪耀。

心里想着她一定会说"Yes"。

如果她不曾认识希思罗，如果她没有去过锡曼屿，如果她没有见过另一种社会形态，也许她在此刻不会犹豫。尽管姜染已经亲手终结了那一切，愧疚感让她在飞机落地时差点丢了性命。

但至少，她知道有那种生活，曾经存在过。

抬头的瞬间，希思罗的面孔在她的眼前一闪而过，与在不远处待命的侍者重叠。

幻觉罢了，她安慰自己。侍者的身高和体型都跟希思罗差得很远，只是……不对，姜染再次望向侍者，后者戴着口罩，遮住了大半张脸。可是那双眼睛，是熟悉的银灰色，好像水体深处莹莹发光的银湖。

短暂的注视后，侍者转头离开了。

"抱歉。"

姜染的目光紧紧盯着侍者，抓起卡座上的外套就追了出去。

她没敢看吴玼的眼睛。

第五章

我能看到万物，

唯独看不到你希望的，

如今我愿遵从。

一、希思罗

姜染走后，希思罗很快发现了家乡的变化。仅仅几天的时间，低着头使用手机的行人明显增多了，而且不仅是外乡人，就连当地卖花的小姑娘也蹲在角落里死盯着自己的功能机。港口旁的主干道上，司机甚至因为看手机差点撞到路边的雕像。路过市政府时，几个从未在锡曼屿出现过的大幅广告在宣传一款手机应用——聆风互动。

希思罗记得，这就是姜染工作的公司。这一切都是姜染做的。她回到家后，巴耶利就拿着自己的手机冲了上来，"姐姐，有好玩的东西！"

希思罗躲闪着耀眼的屏幕，可双手却已经接过了手机。

也许即便没有姜染，这个机制迟早也会被其他人研究出来。也许这并不是一个很可怕的改变，毕竟外乡一直这样生活着，甚至在二战前的锡曼屿也是如此。这样看来，其实他们才是不正常的存在。也许接受了这一切，她就能拥有创造力，去想象那些从来没有见过的事物，用水彩描绘出从没有人见过的画面……

更重要的是，她从心底里开始相信，就算姜染喜怒无常，利用了小妹，但姜染绝对不会伤害她。

手机开始振动，她扭头去看。

她接过巴耶利的手机，那种能暂时将躯体化的植物神经恢复成常态的信号就通过眼睛和指尖感染了她。一切逐渐变得不一样了，她好像瞬间掉进了融化了的糖果里，一切都软绵绵、晕乎乎的，凌厉的理智变成了蜿蜒的丝绸，四处粘连。除了颜色、气味和质地外，眼前的物品转眼多了一种属性。墙上的壁画好美，地上的毯子真丑，桌上小丽花的气味难闻，让她烦躁。人也是如此。看到巴耶利，她感到怜爱却恨铁不成钢，对在厨房做饭的母亲，她感到畏惧却又尊重与感激。这就是"喜欢"和"不喜欢"吗？

希思罗冲进自己的房间，翻出晾晒干净的拉斐尔画册，扑面而来的美感像吃了芥末般直冲大脑。她抓起签字笔直接在地板上作画，喷涌而出的灵感仿佛将她送上了云霄。两个小时后，她气喘吁吁地停笔，才知道母亲和妹妹在她身后已经看呆了。

她笑了，"妈，巴耶利，我爱你们！"

母亲依然冷漠地看着她，巴耶利则咧开了嘴，尽情地叫喊。但事情逐渐有些不可控。原本平静的锡曼屿，暴力犯罪的绝对数直线上升，政府只能暂时开启了宵禁。一些地方官员的贪腐被揭露出来，权力更迭明显加快。交通事故也在增加，人们突然变得又急躁又粗心。希思罗去找已经退休的尼尔老师，连他也承认，自持之力已经无法维护整个岛屿的和平与安宁了。

然后就是不断发生的休克事件，各大医院紧急调用大型体育馆来安置失去意识的植物人。一切都发生得太快了，整个社会乱成一团，没人知道究竟是什么给他们带来了改变。

只有希思罗知道，但她却迟迟没有意识到这一点。她不分白天黑夜地作画。纸上、地板上、电脑上到处都是她的画作。曾经缥缈易逝的灵感在这时全都被她抓在了手里，曾经难以言喻的空虚也一点一滴地被画笔抹平。

"在劳动的过程中，即在塑造及改变自身之外的自然界的活动中，人也塑造并改变了自己。他掌握了自然，并由此脱离了自然；他的合作能力、理性及美感得到了发展。法国南部洞穴中美丽的图画，原始人武器上的装饰，希腊的雕像和神庙，中世纪的大教堂。技艺高超的匠人做出的桌椅，农民培植的树及谷物……所有这些都是人靠理性和技能对自然所做的创造性改造。"

本科时期于教授对弗洛姆理论照本宣科式的宣讲漂浮在脑海中，她终于理解了整个世界对于艺术的欣赏与推崇。此时此刻，她与出现在历史长河中的所有艺术家融为一体，挥起自己的双臂对自然进行创造性改造。不想去管外面的世界如何，不想去理会警笛和火焰，她只想把这么多年空洞的时光补回来，把自己的一切从指尖由内而外翻开，把灵魂融进画笔，把所有的一切变成独一无二的存在。

那是她真正感受到自己活着的时刻。

这就是姜染说要送给她的礼物吗？

直到有一天，她在卧室的墙上画出一幅长着翅膀的英雄赫女像时，母亲告诉她，巴耶利倒在了厨房里。

二、相见

"希思罗，是你吗？"

餐厅后面的小巷里，侍者停下了脚步。五光十色的灯光悬在头顶，却无法照亮这块小小的洼地。也许这才是她真正的位置——大城市后巷的蝼蚁。

"希思罗！"

侍者回过头，银色的双眸在黑暗中闪出光芒。那人身材修长，真的比希思罗高太多。姜染开始后悔自己的行为了。此时手机在口袋里嗡嗡振动，她正要伸手，侍者却突然冲了过来，一柄银色的餐刀转眼架在了她的脖子上。

"别动，我磨了一晚上，非常锋利。"

姜染举起双手，按下拇指内的开关，开始奋力控制身体里激增的肾上腺素。

"希思罗，是你吗？"

侍者用空着的左手摘下口罩，是一张姜染从未见过的面孔。她持刀很稳，神色淡然，典型的锡曼屿人。

"你是怎么认出来的？"

"我只是……直觉。"姜染放下手，短暂松了口气后，她知道希思罗不会伤害自己。"你来中国，为什么不跟我打个招呼？"

"你难道不知道我会来吗？还是你认为，我早就已经死啦？"

"怎么会！"姜染被搞糊涂了，"我其实只是想保护你们，事情很复杂，你先放下刀，听我解释。"

"用不着解释，你这个刽子手，杀人犯！"

利刃划破了姜染脖子上的皮肉。希思罗的手开始颤抖了。

"你说清楚，我利用你妹妹做实验是我不对，但我只是把锡曼屿人变成了正常人，我没有杀过任何人！"

"别装傻了，你的应用害死了多少人！""我没有……我没有理由害你们！"

"没有理由？"希思罗冷笑了一声，"我知道，你曾经像奴仆一样使唤我。你靠操纵别人的神经挣钱。你小时候被自控力害得很惨，你的家人愚蠢到把你送进电击治疗所。你嫉妒我们族人的自由。"

"你怎么敢这么说我的父母！"

"你害了我的亲人，我的亲妹妹！"

"我……"姜染一时语塞。

姜染本在振动的手机突然发出一声尖厉的哀鸣，把两人都吓了一跳。

"您有一条来自聆风公司的 S 级加急信息，请尽快查看处理！您有一条来自聆风公司的 S 级加急信息，请尽快查看处理！"

三、姜染

咚，咚，咚……姜染默默地数着自己的心跳。

20 个座位的会议室至少挤下了多一倍的人，旁边工位的椅子都被搬空了，还有不少人抱着笔记本站在房间的后面。北京的深秋，空调热气很足，很多人头上都在冒汗。最后一个人进来时，姜染艰难地给他挪出了位置，自己则紧靠在玻璃门上。

业务领导坐在最里面，人们自觉地在他身边空出一圈。他刚 40 岁，见证过太多互联网产品的火爆和凋零，此刻他看起来十分镇定，只是看起来而已。即使隔着一个会议室，姜染还是察觉到了他的紧张。毕竟，她现在才是这个小空间里唯一冷静的人。多次按动大拇指上的开关，那种绝对的冷静就像一张敏感的薄膜，捕捉到此起彼伏的恐惧与紧张。在过去，锡曼屿的人也是如此轻易将她看穿的吗？

"线上会议已经关闭了，这里都是我们自己人。小苗，重新说一下你的报告。"业务领导习惯性地摸了下口袋，攥出了烟盒的形状，然后又放开了。他咽了口唾沫，嘴唇微微颤抖。

"是。"战略部的同事很年轻，因为此时自己是目光焦点而略显紧张，她也参加过那次酒局，当时也在拼命奉承吴玑。"根据当地新闻，锡曼屿于一周前，也就是 10 月 14 日开始出现聚集性休克现象，如今患病人数已达 7.5 万人。其中近百人死亡，其他人均有成为植物人的风险。"此时，一张折线图出现在大屏幕上，以日期为横轴，患病人数为纵轴，箭头不断走高。大家齐刷刷扭过头去看。

"这份数据，"同事点击鼠标，另一条折线从纵轴 7 万的位置出发，随着患病人数增加而不断下降，仿佛是第一条折线的镜像。"是聆风互动在锡曼屿的 DAU。"她深吸了一口气才说出后半句话，仿佛在制造戏剧性的场景。不出所料，有几个人也跟着倒吸了一口冷气。姜染发现苗梁不自觉地笑了一下，应该是很满意自己的表现。

"有更多的证据吗？"业务领导问。

"云哥他们跑了一批数据。"苗梁立刻回答，显然是准备好了，"分区域的数据都能对得上。"

"当地政府有察觉吗？"

"没有，但我觉得他们很快就能查到我们这里，PA 的风险很大。我们要不要先跟外交部打声招呼？"

业务领导挥手打断了她。"吴玑，你是负责锡曼屿的产品经理，怎么回事？"

一个矮小的男人被大家从人堆里推了出来，他几乎是跄踉地撑在了桌子上。他的脸色煞白，双腿发抖，眼珠乱转，双唇紧闭一句话也说不出来。

"怎么回事？"业务领导一掌拍在了桌子上。此时，屋里的空气仿佛凝结了一般，大家都屏住了呼吸。一张张担忧公司存亡的肃穆面具后，藏着幸灾乐祸与漠不关心，更有甚者想借机上位。每个人都被自己的瘾控制着，毕竟，聆风互联网就是靠撩拨大众的瘾起家的。姜染之前怎么没注意到呢？哦，对了，她只顾沉浸在属于自己的情绪里，被自己的瘾所牵引。现在，她唯一关心的是自己的心跳。

咚，咚，咚……

"是她！"吴玘突然直起腰板，用手指向挤在玻璃门上的姜染。"是她开发了锡曼屿的 App，是她从一开始就让他们上瘾的！她该负外交责任！"

这时，所有人的目光都聚集在姜染的脸上，有担忧的，有看戏的，还有愤怒的。业务领导的眼神最犀利，但如此老谋深算的灵魂也无法看穿姜染的秘密。姜染的脸开始发热，但随着她不断按动手指上的开关，情绪又迅速恢复了平稳。就算刚刚还和她求婚的男人在面临牢狱之灾时选择出卖自己，她依然很平静。于教授说过，植物神经躯体化开关的按动频率不能太高,否则会有生命危险。但此时此刻,她绝对不能慌张,因为一旦自己被控制住,锡曼屿那些无辜的生命就彻底没有希望了。

"吴玘,锡曼屿的聆风互动起量时,我可是躺在首都医院做手术呢!"姜染指了指自己的胸口,"而且我传给公司的数据都被你改过,关键代码都是你写的。当初号称拿下这块互联网荒地的人,可是你。"她之前就发现了,是吴玘的修改导致了这些副作用发生。他的贪心那么明显,她早该发现的。

目光的利剑又转向吴玘。此时他已百口难辩。毕竟连集团老总都知道他吴玘攻陷了无瘾之国,通稿里甚至没带上姜染的名字。虽然奖金他全都拿给姜染做了手术,但那五百万元奖金和名声,实际上都在吴玘名下。

手机微微振动,一条消息确认了她最大的担忧:巴耶利快不行了。

有那么一瞬间,过去的姜染突然蹦了出来。恐惧、愧疚、紧张、无助、想要干呕,想要尖叫着把秘密说出来,想要快速挽救那 7 万个无辜的锡曼屿人。

按动,再按动一下。她很快控制住了情绪,只留下决绝的冷静,像冻成坚冰的湖水。理智告诉她,人类还没做好准备接受这个秘密，世界必将因此混乱，她必须救希思罗的族人，不惜一切代价。

咚咚咚，咚咚咚……

剑拔弩张的会议室里，姜染悄声消失在玻璃门后。

四、姜染、希思罗

"师傅，去首都机场。"

姜染拉着希思罗跳上车，然后打开电脑放在膝盖上。

"最后一个航班，我已经买好机票了。"

"什么时候到？"希思罗焦急地说，"收到医院消息，病人的情况大都急转直下，估计熬不过 4 个小时了。"随着脸颊一阵发热，希思罗的眼泪又落了下来。

"尽快。"姜染深吸一口气，继续在电脑上敲打。"对不起，确实是我的错。我只给吴玘传了部分信息，如果他完全按照我说的设计代码，锡曼屿人根本不会有这么强烈的反应。只是他太贪心了，所以加大了代码的强度。我知道你们的神经系统很特殊，如果过度专注或者是沉迷于一件事情，你们就会忘记控制自己的呼吸和心跳。严重时大脑会产生自我保护机制，所以巴耶利他们才会呈现植物人状态。这是躯体神经植物化过度了。"

听到巴耶利的名字，又是一阵担忧涌上心头。希思罗努力克制着自己。

"别担心，我一定会救巴耶利的。毕竟我这条命里也有巴耶利的一份。"姜染简要解释了自己神经和心脏的问题，还有拇指里的那个神经电信号仪。

"那份报告？"

"那份你看到的可行性报告是唯一的一份，我谁都没有给。连我这指头里的信号，都是加密的。"姜染笑了下。

"为什么？为什么要给我看？"

"我只是想给你一个选择。"姜染平静地说，"我说过，我要帮你找到你的'喜欢'。"

希思罗解开安全带，紧紧抱住了她。

"好了，好了。"姜染还迟迟无法适应感情丰富的希思罗，"你的脸是怎么回事？快变回来，回头没法过安检了。"

"我也不知道。情绪爆发的时候，我突然就可以控制脸上的肌肉了。"希思罗闭上眼睛，深吸一口气。此时希思罗又长出了新的眉毛，颧骨向外突出，脸颊凹陷下去，她的身体也缩小了些。

"很神奇，看起来这些躯体神经植物化的过程中有另一些植物性神经反而躯体化了。我需要赶紧研究一下吴玘的代码。"

"能救巴耶利吗？"希思罗紧张地询问。

"救，当然要救。之前吴玘用的数据不全，导致神经特性紊乱。我在编写反向的治愈信号，希望可以让神经回到正轨。"

"回到正轨？是回到我们从前那样的吗？"

"怎么？"

"没事，我很喜欢现在的自己，像一个艺术家。"希思罗轻笑了一声，"我从未想过自己可以变成这样,谢谢你。"

"小希，你终于学会用'喜欢'了。"

"是你教会的。"

两人再次相视而笑。

"对了小染，还有一个问题。"

"什么？"

"那些信号……"希思罗问，"那些植物人已经不能使用手机了，治愈你的神药又很少，你该怎么把信号传递给他们的大脑呢？"

姜染沉思了几秒，抬起头。她还不知道，在不断按动拇指的过程中，自己那双眼睛也已经变成了银灰色，像两个波光粼粼的银湖。

"当然是电击。"

五、姜染

两人下了车，急忙往国际航班入口那里赶。首都机场太大了，希思罗脸上全是细密的汗珠，巴耶利的生命已经开始倒计时了。

终于办好了所有手续，两人向安检处奔去。姜染握着希思罗的手，希望通过自己的冷静来安抚她，就像希思罗曾经对她做过的一样。

"姜染！你给我站住！"

姜染停下脚步，左手立刻被钳住，几乎动弹不得。

"吴玘，你想干什么？"

"姜染，你可别想逃走。"男人的脸被愤怒和恐惧扭曲了。"你走了，这锅就全是我背了，搞不好还得坐牢，我的这一辈子就全毁了！"

"我的锅？要不是你篡改了我的代码，想要激进地拿结果，根本不会发生这些事。"姜染冷静地回应着，"这全都是你自找的。还有上次在咖啡厅，我严重怀疑是你故意换了我的咖啡，才逼我对锡曼屿出手的，对不对？"自从获得了通透的思维，咖啡厅那次意外是一个越想越不对劲的巧合。

"你……我不管，你就是不能走。"吴玑被姜染逼得无话可说。

"你再不放手，保安就要来了。"

"来了正好，反正你们也赶不上那趟飞机了。"

"你放开她。"希思罗握了下吴玑的胳膊，男人立刻像触电一样抖了一下。"你不要喊，再喊你这胳膊就别要了。"

吴玑放开姜染，她的手腕此时已经青紫了一大片。"好啊，还带凶器，我看你们怎么过安检。"

"小希？"

"我没事。"希思罗把右手藏在袖子里，"快走，错过这趟航班，巴耶利就没救了。"

"嗯！"

两人快速通过了安检，留下吴玑一人在原地。

飞机终于起飞了，姜染松了一口气，这时她突然觉得肩膀一沉。希思罗脸色苍白，额头上都是虚汗，倒在了她的身上。"小希，怎么了？"

希思罗没有说话。姜染掀开盖在她胳膊上的毯子，鲜血从希思罗的右手手掌中间流了出来。

"怎么回事？"姜染赶紧给她包扎，同时警惕地观察着空姐和其他乘客的动向，"刚才，你是用自己的骨头在威胁吴玘？"

"我想英雄赫女曾经这样做过，也许我也可以。只是，我做得没有她好。"

"快别说了，专心止血！"

过了一会儿，伤口已经愈合了，希思罗的脸上也恢复了血色。"小染，我还有一个问题想要问你。"

"你说。"

"你发现了我们的秘密，应该是一个非常重要的科研成果，足以改变世界，你为什么不把它公之于众，而只是给了吴玘最温和的代码？这次你也完全可以告诉公司，说我们锡曼屿人的生理状态与常人不同，所以出现问题也不是你们能预见到的。为什么你要冒着风险逃跑，跟我飞到混乱的锡曼屿？"

"首先，出现这种情况，我确实脱不开干系。自从我们相识，有好多人都跟我打听你们的秘密。于教授、吴玘，还有公司里的其他人。你知道我为什么拒绝跟于教授读研吗？因为她一直想找到你们这种人，植物神经高度躯体化的人种。我这次做的 App，其实是想最大程度地把你们变回普通人，这样就不会有人发现你们的秘密了。可是，都怪吴玘太贪心了，才酿成大错。"

"为什么？"

"其实，我认同你们是更高级的存在，甚至是人类进化的下一代。你说得对，自持是人类最伟大的财富，是人与植物和动物最根本的区别。但现在，在我们的大脑中还残留着兽性、欲望和瘾。总有一天，我们会进化成更理智的物种，摆脱条件反射的束缚，但不是今天。因为现在人类还没准备好迎接这一切，这种生理变化一定会导致社会发生剧变。就像锡曼屿现在的混乱，放到全球会混乱一千倍、一万倍。如果人类控制自身的能力突然加强，以上瘾为生的产业怎么办？"

"也许本来就不应该存在。"

"更重要的是，压迫会加剧。如果没有自身的偏好和选择，人们是否会更倾向于服从权威？就像你和巴耶利永远听从于你的母亲。而现在所有的锡曼屿人都遵循着一套社会规范。"姜染的眼睛亮晶晶的，像一个圣人。她在绝对的理智中思考了很多，"换句话说，小时候，家长会因为我游戏打得太多而我把送进戒瘾学校，那当我有了完全的自控力时，我会变成什么呢？一个学习机器，难道不是吗？"

希思罗呆住了，她从来没有想过这些。"那巴耶利他们，就不救了吗？"

"救，当然要救。"姜染闭上眼睛，"要在死守住这个秘密的前提下救。接下来的一周，我会想办法潜入锡曼屿所有的医院，将治愈信号输送进每一个病人的大脑。"

"可是这太难了。"

"我接受了植物神经躯体化的治疗，在理智的帮助下，我能做的事有很多。"姜染轻轻地说，"刚才在路上，我已经黑进了你们的医疗系统。为了验证最佳上瘾效果，吴玘开了很多组实验，锡曼屿各个行政区的神经转化程度也不一样，真正有危险的只有少部分人，大部分人的大脑会自我修复，正常醒来。根据病危程度施救，我有信心把伤亡度降到最低，当然要在你的帮助下。"

"小染。"

"怎么啦？"

"我们估计没法及时赶回去了。"

六、希思罗

"为什么？"姜染感到不解，"只要在樟宜机场转机，再坐上船我们来得及！"

希思罗摇摇头，"其实我一开始就知道来不及了。我跟你上飞机，只是想跟你多待一会儿，听听你的想法。锡曼屿的海关早就关闭了，我差点就没能出来。"

"那巴耶利和那些锡曼屿无辜的人该怎么办？"

"也许是时候告诉世界我们的存在了。"

"小希！"

希思罗抹掉眼泪，透过狭小的舷窗望向东南亚上空洁白的云层和远处的太阳。

"我知道你说的那些可怕的后果，我也理解你的担忧。但我想，你再怎么努力，这些都是瞒不住的。你知道吗？从我有意识以来，我就经常看到一只火鸟，一只全身鲜红的火鸟。但它总是一闪而过，我抓不住它。我一直觉得那是对我不够自持的惩罚。"

"小希。"

"来到中国后，你让我见识到了另一种社会，另一种生活，你赐予了我感情和创造力。后来，我真的抓住了那只火鸟。现在，她就在我卧室的一面墙上，真想让你看看它。"

"小希，你在说什么！"

"姜染，我想艺术就是这样，让我们去想象从未想象过的东西，然后才能实现。也许我们可以从更基本的层面去改变自身，长出翅膀，像火鸟一样在空中翱翔；也许我们能变成不需要氧气的生物，从而直接飞上月球。"

"还有可能变成一块没有感情的铁块，被塑造成别人想要的形状。"

"小染，不要害怕。我知道你的过去一直在困扰你，但事情已经发生了，我们还要隐瞒多久、压抑多久？你明白压抑的痛苦，对吗？看见的那只火鸟，也许就是我们的使命。"

"小希，你到底怎么啦？"姜染第一次感觉有些慌了。她仿佛在希思罗脸上看到了于教授的样子。她一辈子都在研究文明社会病理学，一心想着要改变些什么。

"你能感受到，感受到我们的世界也许需要一些改变。而当每次改变发生的时候，必定要有流血牺牲，就像赫女腿骨化剑。"

姜染愣住了。那些迷失在北京 CBD 的夜晚，那些不想被卷入世俗洪流的迷茫。是的，她是如此羡慕无瘾之国，羡慕那里长大的孩子永远不用和自己拉扯。接受植物神经躯体化治疗后，姜染欲望的化身第一次出现在了身边，那个女孩飘浮在她的眼前，要求她正视自己最大的渴望。

希思罗的面孔开始出现血色的细纹。她深吸一口气，身上的笼纱沙沙作响，好像有什么东西要破茧而出。姜染突然知道她想干什么了。用一种最艺术、最大胆的方式，向世界昭示他们的存在。

"把你算出来的信号告诉我，让我去救妹妹吧！"

希思罗望着姜染，她已经下定决心，准备振翅飞跃沧海。

七、姜染

"该死，为什么，你为什么总是这样啊！"接受神经治疗之后，姜染第一次崩溃。"你为什么总是想着别人。"

"小染。"希思罗抱歉地看着姜染。

"小希，对不起，对不起，我一直都太自私、太自私了。"她压抑着哭声，努力不把空姐引来，"为了自己的身体，我把你们整个国家都置身于危险之中，又试图用一些冠冕堂皇的理由说服自己。其实你可以报警，可以把我们公司告上法庭，可以拿刀逼我把救人的信号公之于众。可是你却这么相信我，一直这么相信我。"

希思罗沉默不语。

"我骗了你。"姜染抹掉眼泪，"我利用绝对的自控力骗了你。我根本没有那么大能力去救那么多人，反向信号需要公司的超级计算机辅助才能算出来。"

"那我的族人和巴耶利就真的没有办法了吗？"希思罗绝望地说。

姜染摇摇头，"就算你化成火鸟飞回去，都没有用了。"

"可是，你到底为什么要这么做？"

"因为我害怕啊。"姜染擦掉眼泪，"不管愿不愿意，我已经活成了这个时代的缩影。我的所有欲望都是这个时代打造的，也只有这个时代能满足我的所有欲望。只要不常按动拇指里的开关，我身体很快就会恢复正常，过上舒舒服服的生活。我值得这种生活，不是吗？"

希思罗无言以对。

"其实你说得对，你们的潜力简直超乎想象。你们可以做出无数足以改变世界的事情。是我，旧世界的我，太害怕了。我想，我变成了像我父母一样的人，不惜一切代价也要消灭某些新鲜的事物，消灭那些他们无法把握的事物。有那么一瞬间，我觉得即使你们都死掉了我也无所谓。"

"小染，你不是这样的人。"

"我是，我已经这样做了，我将要为此付出代价。"姜染深吸一口气，"小希，你记得，你们族人的自控能力也是包含一些脑区的，只要集中精力，就可以实现绝对短期记忆。就像你在大学期末考试时一眼记住一页书的内容，对吗？"

希思罗点点头，"就像我曾经记住你的面孔那样。"

"那好，过会儿我会给你传递一份振动信号，我要你运用你的绝对记忆能力一点儿不落地记住，然后飞回去救你的妹妹。"

"你不是说，这个信号需要超级计算机计算三天三夜才能算出来吗？"希思罗疑惑地问。

"那是机器。"姜染笑了下，"目前在这个世界上，还没有一台计算机能超越人脑。更何况，处理神经信号本来就是人脑最擅长的工作。"

"别！"

希思罗还没来得及阻止姜染，她已经紧紧按下左手的拇指。她的大脑瞬间飞速运转，在一秒内透支了 50 年的计算资源。当她再次睁开双眼时，眼白里已经布满血丝。

"小染！"

姜染倒在希思罗的身上，鲜血从口中直接喷到了过道上。

"这里有人吐血了！"

"是锡曼屿那种烈性传染病！"

"空姐！空姐！"

惊恐的喊叫声此起彼伏。

来不及了。姜染撑起身子，与希思罗额头相抵。她再次按动手指，控制自己的头颅以一种极其快速而复杂的频率振动，那是救活锡曼屿人的密码。

"对不起。"初见时秋日的阳光、随风落下的银杏叶、画展，一幅幅画面在她们的脑海中闪现。

希思罗捧着姜染的面颊，集中自己全部的精力接收、记忆这份振动。

"对不起。"一起听课、一起化妆、一起拍视频。这些快乐的回忆随着振动互相传递。

"女士，您怎么了，您还好吗？女士？"

"对不起。"在另一个国度重逢，殷血花的香气，为你寻找"喜欢"。曾经的她们因为重逢而满心欢喜。

"女士，女士？"

八、浴血的希望

解开安全带，希思罗径直走向飞机的安全门，最后回身看了一眼姜染。那口型好像在说，"谢谢你，我去救妹妹了。"

在乘客的惊叫声中，希思罗已经从机舱门口消失，安全门也随即关闭。姜染爬向舷窗，一只由血肉组成翅膀的火鸟从云端飞起，转眼不知所终。

姜染流泪了，在模糊的视野中，她看见了一个光明的未来。那时人们脱离了自身欲望的掌控，飞上更高更远的天际，再也没有孩子会被送进戒瘾学校，在一声声尖叫中忍受几乎贯穿一生的痛苦。那是一个她不敢开启的未来。也许会流很多血，会死很多人，社会将发生巨变，但人类会迎来新生。

可惜她以身赎罪，再也看不见了。

就在姜染闭上双眼之前，那只火鸟终于追上了飞机，落在舷窗前。丰满强壮的羽翼之间，露出一张少女的面孔。在猎猎的狂风中，她俯身望向舷窗。

姜染笑了，嘴里再次咯出血块。她伸出沾满鲜血的右手，伸向舷窗，仿佛想再一次触摸神女。浴血的手和血肉化成的翼，最终隔着厚厚的舷窗无法相碰，只在内外各擦出一道血痕。

飞机穿越云层，火鸟已不知踪影。昏迷的少女张开手，那里躺着一片鲜血凝结而成的银杏。

我厌倦了有一双手

她说

我想要一双翅膀

但如果没有手，你怎么

是人类？

我厌倦了人类

她说

我想生活在太阳上

完。

参考资料：

《爱的艺术》艾·弗洛姆

《健全的社会》艾·弗洛姆

《推荐系统实践》项亮

《直到世界反映了灵魂最深层的需要》露易丝·格丽克

见字如面

王 元

坐在烛台上

我是一只花圈

想着另一只花圈

不知道何时献上

不知道怎样安放[1]

——海子《爱情诗集》

史婧：

见字如面。

好久不给你写信了，你在那边一切都好吧？

我都好，猫也很好，不用挂念。

1　文中诗歌均摘自海子《给你（组诗）》第三首。

2

他们劝我节哀顺变。

还好吧，我并没有歇斯底里，没有哭天抢地和捶胸顿足，我很平静。

"人固有一死，她只是去了天堂。"不必拿这些敷衍的安慰话搪塞我。我很难说清楚这种感受，更多的是空白，提笔忘言。我曾无数次面对一张白纸，静默整夜。碎裂的想法在空中飘浮，思绪像含羞草的叶瓣，碰触只会制造闪躲和闭合，不如远观。

此刻，我坐在灵船上，端详着水晶棺中的妻子，她神情安详，如睡着一般。过去我夜半惊醒，看到床头灯洒下的橘黄色之中就是这样一张不动声色的脸。她穿着白色长裙，双手叠放在腹部，掌心压着一本诗集——我的诗集。她的父母和亲朋环绕在棺椁周围，仿生白鹤不时传来阵阵清唳，为轻缓的背景乐和声。我擅自做主，把哀乐替换成一首古老的流行歌曲《稻草人》，这是我跟妻甜蜜爱情的见证。

透过舷窗眺望，飘浮在空中的墨城 A-3 区灵堂已显露轮廓。那将是她的归宿。

灵堂风格复古，跟灵船一脉相承。灵船外形复刻自一艘明朝官船，顶层覆盖琉璃瓦，两侧各有一双竹竿与帆布制成的机翼。当然，只是用来调节方向，真正的动力装置埋藏在船底控制室。这是一艘名副其实的飞船，是飞在空中的船。至于灵堂，更像一座中式堡垒，一圈圈的房屋叠凑，凸出的屋檐由斗拱支撑，雕梁画栋，器宇轩昂。四周各有一座玲珑宝塔，寄存骨灰盒。乍一看，不像灵堂，倒像天宫。

如今，死去的人都到了天上，这再也不是一种单纯的修辞。我其实挺排斥这种场面的，不管是婚礼还是葬礼，在我看来，都是形式大于内容。那些被传统观念影响的参与者大多抱着应付差事的心态，而不论是婚礼还是葬礼只会对一两个人的生活产生实质性影响。我真想把他们赶下灵船，一脚一个踢到空中，包括她的父母，我不愿和任何人分享她的最后一程。大部分来宾甚至不如司仪投入，他一袭牧师黑袍，与中式丧葬氛围格格不入。或许他真的是位牧师，主持完葬礼就要去教堂聆听告解。我不信这套，不管祈祷还是超度，都不能让妻回生。死亡不是为逝去的人准备的，而是为活着的人张罗的。

灵船泊入港口，白鹤悬停在半空，铺出一条肃穆甬路。送葬者跟随司仪上岸，步入告别大厅。工作人员把水晶棺推到厅前，在周围布满绢花，妻子的全息影像从棺中浮出，宛如灵魂出窍。她平时不苟言笑，我翻遍云端存储，才拾得几帧欢乐的动图。她笑得真美，我的心都要化了。我们被要求围绕遗体逆时针转三圈，之后垂首聆听司仪的悼词。

"今天，我们怀着无比悲痛的心情告别史婧女士，她是孝顺的女儿，是贤惠的妻子……"

瞻仰遗容，这是我最后一次看她了，我咬紫了嘴唇。真正的送别时刻到了。

我常常用两行俳句自勉：随时准备面对死亡，只要活着就感谢上苍。现在我仍然要感谢上苍，死去的人是她，若不然，她该有多恨活着啊。唉，我有些想当然，如果躺在水晶棺里面的是我，她也会顺着过去的轨迹一如既往地向前吧？

水晶棺落入熔炉，换回一抔温热的骨灰。灵船压抑的氛围终于被引爆，人群像一朵窝藏惊雷的乌云，而堂里此时响起了此起彼伏的哭声。岳母泪如雨下，悲痛欲绝。岳丈假装沉着，却悄悄用手背擦拭眼角。我没有任何反应，那一瞬间，我是死的。酩酊之人一定有过以下体验：从饭店出门，坐车，呕吐，脱衣，上床，自己对这一系列行为都有印象，一觉醒来却无法回溯醉酒经过，一切仿佛一场失重的梦。我当时就是烂醉如泥的酒鬼，身边正在发生的一切都与我有朦胧的距离，我身处葬礼的中心，却毫无参与感。灵船起飞，白鹤送行，大厅送别，火化成灰，灵堂安息，整个葬礼忽远忽近，我都不知道自己是怎么回家的。

回到家中，客厅的电视墙上糊着一张白纸，上面用楷书写着一个"奠"字。不知怎的，看着那一笔一画、一撇一捺，墨色在宣纸上洇开的毛刺，我突然泣不成声。

我以为我很平静，我以为我不难过。

但这也只是我以为。

3

我其实很排斥这种场面，因为诗人都是孤独分子，但白纸黑字写进合同，"乙方有义务配合甲方宣传"，我不得不去参加。我坐在椅子上，像待价而沽的商品。其中有一个环节是读者朗诵诗歌，他们手捧着散发着新鲜油墨味道的诗集，挑选自己心仪的几行，或情绪饱满，或冷静平淡地朗读。作为诗集的创作者，我也被邀请到舞台中央。我有些胆怯，他们的目光像是在鼓励我。我深吸一口气，微微闭上眼睛，只能感受到模糊的光，却无法视物。光晕之中，我仿佛看见史婧，她像往常一样慵懒地窝在沙发里，手握一支铅笔，在纸上沙沙地计算，或者补数独游戏的空。猫在沙发靠背上轻巧地踱步，走到尽头，拱起脊背，打出一个巨大而无声的哈欠。

我曾和你在一起

在黄昏中坐过

在黄色麦田的黄昏

在春天的黄昏

我该对你说些什么

我小心翼翼，如初次行窃的小偷。这是我为史婧写的第一首诗，记录了我们初次相遇的傍晚。她瞥了一眼就扔在茶几上，继续在数字的海洋里徜徉。我承认是我自作多情了，以这首诗开头，牵出整本诗集。我跟编辑沟通，于扉页印刷"送给我的妻子"。诗集出版之后，我把第一时间收到的样书手写 To 签送给了她。她只是礼貌地说了一声"谢谢"，就把书塞进书架，和一堆与数学以及数学人物相关的读物混在一起。我想她从未翻过，我把那本书与她的遗体一起火化了，这只是出于我个人情感的需求。我知道，她不会共鸣，以前不会，当然也没有以后了。

　　签售简单一点儿，这年头看实体书的人不多，诗歌爱好者更是凤毛麟角，排队的读者很快散去。诗集能够再版已是奇迹，我不期待奇迹中的奇迹。

　　发布会结束，我如释重负。

　　我在书店里随便转了转，凭借书封和书名遴选入眼的新书，似乎像是以貌取人。

　　"你好。"一个留着络腮胡的男人走到我面前，递过来一本诗集，那是我的诗集，随后他便问我："你是罗凯？"

　　"你好。"我礼貌地接过诗集，从口袋里掏出钢笔，随手一甩，拧掉笔帽，签下名字，"需要再写点别的吗？或者致谁？"

　　"我能跟你谈谈吗？"

　　"写这句？"

　　"我是警察。"

书店就有咖啡厅，据说饮品的营业额远远高于图书的销售额。我们挑了一个角落坐定，两杯热气腾腾的拿铁将我们隔开。我轻轻地吹散杯口氤氲的水汽，等他开口。他并不着急，气定神闲地翻着诗集，不时发出一些简短的点评，比如"写得不错"，比如"看不明白"。没一会儿，一个大学生模样的男生抱着一摞漫画在他旁边坐下。他戴着棒球帽，穿着格子衫、牛仔裤和帆布鞋。一摞书堆在桌上，顶住他的下巴。从我的角度看过去，他的脑袋仿佛刚从书中出土。他简单地和我们打了一个招呼，我听见男人抱怨"多大了还看漫画？"，男生没有反驳，只是附赠一个白眼，然后抽出一本漫画，一头扎了进去。

　　"这是我的同事，隶属网络安全部，来协助我办案的。"男人合上书说道。我刚才还误会他们是父子。他端起咖啡，随意地啜饮一口，随后问我："你听说过'质数的孤独'吗？"

　　"嗯。"这是史婧最喜欢的一部电影。我们在一起这些年，每季度我都要陪她重温一遍。她常常说我们两个人就是两个质数。在我们各自的生命中，她的1是数学，我的1是诗歌，剩下的就是我们自己，不能再被其他事物整除。所以我们没要孩子，担心他（她）会成为搅乱我们世界的公约数。她是我的保护色，我是她的皮肤衣。我们只是需要婚姻的框架来规避他人多余的热心和过分的关怀。我们只是生活在同一个屋檐下相安无事的两个房客。

"简单说吧，我们收到可靠情报，他们要搞一个大动作。"

"等等，电影里没有类似的剧情吧？"

"电影？"他疑惑地看我一眼，"我说的是恐怖组织。"

"那我没听说过。"

"不会吧？你老婆可是这个组织的核心成员。"很久没人在我面前提起史婧了，我有些恍惚，好像她还活着，只是出了趟远门。只要我在门口坚持眺望，就能等到她由远及近的影子，影子会从地上袅袅升起，化为人形，对我张开双臂，开口说话。见我没有反应，他继续说道："这个恐怖组织没有一枪一炮，也没有非法集会，但是他们造成的恐慌和破坏，是其他恐怖组织加起来也无法比拟的。"

"你一定搞错了。"我摇摇头，"我妻子已经去世一年了。"

"时间刚刚好，他们的计划正是一年前启动的，马上就要收网了。"

"但这跟她有什么关系？"一个因意外而去世的人，能对这个世界造成什么恐慌和破坏？我开始对他的到来有些反感了。

"这可说不准。"他有些含糊其词，"你最近有没有遇见什么怪事？打个比方啊，不一定准确，比如灵异事件？"看漫画的少年此时抬头，颇为不屑地望向男子，男子似乎察觉到了少年的异样眼神，缓缓地说："你先别插嘴，回头有你发挥的机会。"少年叹了一口气，又缩回书中。

我呼吸急促，眼睛死死地盯着他，害怕错过从他嘴里溜出的每一个字，虽然他支吾了一堆毫无意义的虚词。这种感觉就像溺水之人从水底向上看，白蒙蒙的光亮中突然伸出一只手，这时你会不顾一切地抓住那只手。

"这么说吧，你有没有见过鬼？"他兜了一圈，最后抛出这个让我哭笑不得的问题。

"我是无神论者。"我相信万物有灵，但我仍然是一个无神论者。所谓"灵"只是诗意的寄托，比如一朵花含羞，一株草叹气，一朵云飘过诉说一场雨，一只蚂蚁在我掌心纹路中走迷宫……一个字追逐一个字，而疏离另一个字，它们结行成章，就有了灵魂。我不相信人死后会有灵魂，虽然我不止一次做过类似假设，在史婧去世的第七天夜里点一根白蜡，彻夜不眠。我什么都没有等到，什么都没有看见，只有入室的风伙同烛火摇曳我的孤独。听啊，它们说：“一个伤心者。”什么叫形单影只，这就是形单影只。
我在稿纸上写满一万个字的忧愁，也没这个成语戳心。

　　“我也是。我们谈论的是科学，不是迷信。如果你遇
见任何离奇的事件，请给我打电话。”他掏出手机，拇指
按住屏幕向上一滑，发射了一张虚拟卡片，我顺势捏住，
塞进了手机。高赛，墨城市第二刑侦大队副队长。照片比
他本人更加沧桑，显然没有使用美颜插件。

　　“高赛？”

　　“对，他叫小杰。”高赛指了指少年，少年向我颔首示意。

　　“她还活着？”

　　“我可没这么说。”高赛说，“不过，的确有人在玩
濒死游戏时看见过她。你听说过那个游戏吗？真变态。这
年头什么人都有，不是吗？你还写诗呢！”

　　“你们怎么确定是她？”我穿过他连篇的废话，激动
地站起来，向前探身，差点抵住他的鼻尖。

　　“他，那个濒死体验者，捡到一本从她身上掉下来的
书，喏。”他用下巴一点，指向桌面的诗集，“就是这本。
上面还有你写的寄语：To 史婧，你是我心里的一首诗。没
错吧？”

5

　　该书全世界仅有一册，已随史婧扑入熔炉，化为土灰，不可能有拷贝。他也不可能知道扉页的 To 签，我从未对任何人提及。我坚信史婧在这件事上与我是统一战线的，我甚至怀疑她根本不知道我写下的这句情话。如前文所说，她也许从未碰过这本诗集，就像我们总是小心翼翼，避免身体接触一样。也许下意识地她会认为诗集是我身体的一部分。

　　我应该去核实一下那位警官的身份，也许他来自电视台，想偷偷录制一场整蛊节目。就和几十年前把摄像机藏在盆景里一样，主持人会从垃圾桶里突然跳出来惊吓路人，捕捉他们惊慌的表情，然后制成娱乐大众的搞笑视频。只不过现在技术手段升级，摄像机可以包裹一层光反应膜，融化在空中，主持人则利用大数据获取的隐私撕裂你的防线。

　　我躺在沙发上，不断回想着那次不算愉快的见面。

　　房间陈设跟一年前毫无二致，家具摆列的位置没变，凉鞋还在鞋柜底层，地毯如常，餐具依然是两副。猫窝在阳台上，跟一年前一样，不怎么理我。它是史婧的宠物、伙伴，对我一直若即若离。史婧去世之后，它似乎也没有要跟我搞好关系的打算，但是却认定我会对它不离不弃，于是自暴自弃，吃睡度日。唯一的变化是它长了不少肉，愈发像只毛茸茸的黑色毛球。我曾经跟它熟络过一段日子，它也愿意我用手指挠它的肚皮，还不时用它的脑袋蹭我的裤脚。直到某天，它突然性情大变，差点抓花我的脸，从此便与我分道扬镳。我真蠢，连一只猫都搞不定。史婧非常喜欢黑猫，常常带它参加猫友聚会，交流吸猫心得，她在猫身上花费的心思远远超过对我的关注。

　　VR 游戏的 Vision 眼镜搁置在桌面上，一年前从她脑袋上被摘下，就再也没有启动过。我从不碰那玩意儿，说不上为什么，反正就是排斥。后来，为了排斥而排斥，从而表达自己对传统的向往和立场，犹如用纸笔写诗。史婧说我身上有一股 20 世纪 80 年代的味道，可是她不知道那个时期是现代诗歌最好的年代，她嘴里的 80 年代跟三叠纪没什么不同。从她的言语中我可以听出她认为我就是活化石。书案也矗立在原地，我们习惯在一起工作，各自霸占一角，就像在图书馆被同一张书桌收留的两个萍水相逢的读者，自觉坐成一条对角线。偶尔抬头，她就在我的余光里奋笔疾书，计算、计算还是计算，一张又一张稿纸上爬满了一长串数字和我一窍不通的公式。大多数时间，我咬着笔杆沉思，偶尔涂鸦一两句，或者涂抹几个跳跃的词组。我们约定，不干预、不打扰。她只知道我是一个诗人，陈列蹩脚的意象；我只知道她是一名数学家，演算庞大的方程。我们之间才是真的相敬如宾，我们就是彼此的宾客。纸笔仍在，我每天都打扫卫生，但只是拂去灰尘，不曾扔掉任何物品，也没有修改关于她的一丝一毫。房间跟昨天一样，跟去年一样，仿佛时间一直没走。她说她喜欢铅笔在白纸上摩擦的声音，喜欢白纸逐渐被涂黑的过程，计算机只是辅助，真正运转的是她聪明的大脑。这点我们不谋而合，我从来都是用钢笔和稿纸写作。她开过我的玩笑，说我幸好写诗，如果写小说，日更三千字，一定会得腱鞘炎。我记得很清楚，她的活泼总是来之不易。

　　钢笔吸水装置坏掉了，我拧开墨水瓶瓶盖，像使用鹅毛笔一样蘸着墨水创作。如若沉思片刻，出水口就会被堵塞，需要甩一甩才能写字。

属于我的一角，桌子上诗集的作者从希梅内斯和叶芝，到于坚和李商隐，古今中外的诗人来来往往。如今摆着的是一本比字典还厚的《海子诗全集》，钢笔夹在其中一页，停留在我昨天没抄完的那首诗上。稿纸零乱地铺开，那是我给她写的信。

这一年间，我再也没有睡过卧室那张双人床。我怕夜里醒来，摸到的空白让我迷失，但还不至于崩溃。我们以前也是一人一条被子，夜里翻身，无意间碰到，也会礼貌地弹开。

现在我睡在沙发上，会很快进入梦中。我回到那艘灵船上，站在舷边，望着队形整齐的白鹤，望着张满的机翼，望着无声转动的螺旋桨，望着即将吞没史婧的熔炉。我转过身，发现舱内空无一人，整艘船上只有我这一位乘客。这是我的葬礼，我将做一只扑火飞蛾，义无反顾地投入死亡。

我感到脸上有粗糙的触感，让我发痒，睁开眼睛，发现是猫在舔我。它很少跟我互动，除非饿了。我起来为它准备了猫粮，看了一眼镶嵌在墙体里的钟表，刚好是午夜零点。此时我已睡意全无，索性起来去抄诗。我翻开《海子诗全集》，拿起钢笔，发现书页间躺着一根长发。为了便于打理，我很早就开始保持寸头的发型，而这根头发至少有四十厘米长。我拈着头发的两端，放在眼前仔细观察，一个念头在我脑袋里闪过——离奇事件。我不由自主地紧张起来，四下张望，希望能捕捉到一个人影，或者鬼影。可是什么都没有，连风都没有停一停。猫在安静地吃食，毫无异样，如果史婧现身，它一定比我还要激动。而且，猫不是有通灵之能吗？考虑到它的毛色，这个可能性还是存在的。可是此时，它什么反应都没有，只是在低头吃着自己的东西。

可这根头发怎么解释？

我隔三岔五就会打扫房间，早已把史婧遗留在枕巾上、梳子上、洗手池下水口的头发择干净，并用一根红绳系住，挂在了床头边。

我扑到卧室，打开灯，床头那绺头发安然无恙。就算有风溜进来，也不可能只拔出一根，搬运到书中。这不是巧合，是人为。问题是，那个人是谁？问题是，那是不是个人？

"史婧。"我轻唤她的名字。

"喵。"猫回应一声，抬头看我。一时之间，我竟以为她的灵魂附着在猫身上。我匆匆走过去，趴在地上，"史婧，是你吗？"

"喵。"猫被我突如其来的热情吓退。

　　它伸出舌头在嘴边兜了一圈，踩着轻柔的步点，跳到沙发上，用脑袋拱了拱靠枕，心满意足地蜷缩起来，随后响起均匀的鼾声。我再次扑到书桌旁，查看有无其他落发，却发现我一年都没能落笔的稿纸上有数行小字，细如毫毛，不留心很难发现。啊，那是用头发蘸着墨水写就的！

爱你的时刻

住在旧粮仓里

写诗在黄昏

我曾和你在一起

在黄昏中坐过

在黄色麦田的黄昏

在春天的黄昏

我该对你说些什么

黄昏是我的家乡

你是家乡静静生长的姑娘

你是在静静的情义中生长

没有一点声响

你一直走到我心上

我在这里等你

7

电话刚打完，我就听见一阵杂乱的脚步声，敲门声随之响起。门后的单向透视系统清晰地映出睡眼惺忪的高赛，高分辨率让他的胡须和眼屎一目了然。

"你不会住我家楼下吧？"

"怎么可能？"他打着哈欠，非但不用手遮挡，还把带有韭菜味道的气息喷到我脸上，"警队租了楼上。"

"你们监视我？"

"我们对你没有兴趣，我们关心的是你老婆。那什么，别误会，不是那个关心。"

我没心思听他闲扯，直截了当地问道："她在哪儿？"

"我们也不知道，但我们认为，如果她还活着，可能现在用'存在'来形容更准确。她一定会回来找你。看来，我们赌对了，要不然这一个多月的房租和外卖餐费就浪费了。你要知道，警局的经费非常紧张。"

"关于她，你还知道什么？"我打断他。

"你先告诉我，你看见了什么？这大半夜把我叫来，总得提供一点儿有价值的信息吧？"高赛说完坐在沙发上，却没有留意身后的猫，猫尖叫一声逃开。高赛四下打量着房间，看到墙上的"奠"字，没话找话，"还挂着呢？"

"懒得去撕。"我支吾一句。

"那得多懒，都快赶上我了啦。主要是这个字在房间贴着，多不吉利。你看着也是一个讲究人，没想到这么不讲究。"

"我发现了一根头发！"我打断他，张开双手，长发躺在我的掌心里。我隐瞒了诗歌的部分，这确实难以理解和接受，那是我写给她的第一首诗，她还记得，但是最后一句却是她自己加进去的。我无法确定是她临时发挥还是记忆有误。我在下面写道："你在哪儿？"期盼她的回复。

"这么说，她来过啦？"高赛想想又说，"也只能是头发，看来小杰有两把刷子。"

"现在可以告诉我了吧？"

"好吧，你要有心理准备，史婧，你老婆她没有死。"

"她没有死？"这不可能，我是亲眼目送她的遗体火化，亲手撮净骨灰，装进盒子，放入塔内的。现在听到这个消息，我简直不敢相信自己的耳朵。

"不。"高赛看着我惊恐的表情，肯定地告诉我。

"她还是死了。"我喃喃自语道。

"不。"高赛说，"她既死又活。"

11

"你对量子领域了解多少？"高赛问我。

"约等于零。"

"其实我也不懂，也没必要懂。我们用了这么多年手机，我连它怎么拨号都不知道，但这并不影响我们上网和通话。我也是在接触了这起案件后，从小杰嘴里听了个大概。简单来说，你老婆变成了量子态，成了一团概率云，就是那个，额什么猫！"高赛看了黑猫一眼，"或者是叫什么饿的猫。"

"薛定谔的猫？"我疑惑地问。

"对，就是这个姓薛的猫。"高赛长出一口气，"你知道这个就好说了。他一口气讲了一大堆，什么观察者，什么波函数，什么CS（此处应为高赛警官记忆偏差），在我看来全都不是人话。我能记住这些概念已经算是优秀了，这还完全得益于我多年的办案经验。总之，根据我们掌握的线索，你老婆是'质数的孤独'中的一员，而且还是出谋划策那种级别的人物。他们倾尽全力，试图搞一个大动作，具体内容我们还在调查，但可以肯定的是，他们策划的这个活动与网络安全有关。"

"怎么可能？"我摇摇头，这比史婧变成量子态更值得怀疑。我们相处的几年，史婧从未显示出任何暴力倾向，我们甚至都没有像其他情侣或夫妻那样吵过一次像样的架。争吵也是深爱的表现，照这样看，我们几乎不能说爱过。我爱过她吗？也许吧。她爱过我吗？不好说。

"你了解她吗？"

我竟无言以对。我不愿承认，但我的确不了解史婧，就像她不了解我一样。我们很少对话，更别提敞开心扉了。我们更像是在婚姻这趟列车上，无意间买到邻座的两位乘客。我们或许有相同的目的地，但却没有一样的目的。

"你不了解她。"看我欲言又止的样子，高赛得出结论，"我学过微表情那一套，你的眼神出卖了你的心。这不应该啊，我以为你们非常恩爱。自古以来，诗人的爱情要么轰轰烈烈，要么缠绵悱恻，看来不是这样。你不爱她还是她不爱你？"

"与你无关。"

"好啊，既然你们的婚姻名存实亡，你也没有利用价值了，我可以马上离开，保证再不打扰。这根头发也许是她生前掉落的，许多人看书时都有一些小动作，比如打响指、揉眉头，或者用手指去绞头发，拔下一根夹在书中也未可知。"

"她根本不会读这些书！"我厉声道。

"你对她的了解仅限于此？还有没有其他信息？"

"我为什么要告诉你？"

"看你咯！我也掌握了一些你可能感兴趣的线索，我会根据你配合的程度与你共享。"

"她每个月都会参加猫友聚会。"我想知道所有跟史婧有关的内容，我想知道什么是既死又活，她到底在哪儿，我想，再见她一面。

"在哪儿？"

"我不知道，她从来都是独往，从未邀我同去。"

"你们之间到底是什么关系？有这样生分的夫妻吗？还是说婚姻把你们祸害成了陌路？看来我不结婚是对的。"高赛又开启了话痨模式，"一个人也挺好，不是吗？如果无聊就养一只猫，实在不行，就去'M世界'（虚拟实境）杀戮或者冒险，反正总有一款游戏能榨干你过剩的精力。这就是我为什么选择当一名刑警，因为层出不穷的案子让我无暇烦恼。咳，跟你讨论这些心得干吗，还是回归案子本身。不管你们关系如何，一起生活几年，但总归是朝夕相处，怎么说也比外人更了解她，你说是吧！除了参加猫友聚会，她平时还会做什么？"

"计算。"我说，"没完没了地计算。"

"计算什么？"

"方程、函数。我不太懂这些。"

"波函数方程？"高赛陡然提高了声调，似乎我无意间戳中了什么关键点。

"先把你知道的告诉我，史婧到底怎么样了？"我借机威胁道。"根据目前搜集到的线索，我们推测'质数的孤独'意欲攻击网络。根据 2050 年的统计数据，已有 500 亿台设备连入互联网，其中很大一部分是和工业、军事、航空航天有关的设备与系统。一旦他们破坏这些设备，损失将会难以估量。类似的恐怖袭击其实以往发生过很多起，只是不为常人所知。所以他们这次准备了一个大招儿。"

"我不关心这些，我只想知道史婧在哪儿？"

"我怎么知道？知道的话，我早把她缉拿归案了。"高赛说，"我们只知道她变成了量子态，一团概率云，量子无处不在，而现在根本没有可以追踪和观测量子轨迹的装置。我之所以监视你，就是认定她会回来找你，所以我们选择守株待兔。量子态的人犹如幽灵，她能看到我们，而我们却看不到她。"高赛又扯出一套理论，说得天花乱坠，其实他自己也没搞清楚，我听得更不明白。他提到坍缩和自由意志，大致的意思是，人类拥有自由意志，量子化之后可以决定进入量子世界或者经典世界。后者即所谓的坍缩，从无数可能跌落为现实的一种。我对此的认知仅限于薛定谔的猫。我理解这个概念是通过一首诡异的科幻诗歌，里面讲到薛定谔的猫，既死又活，就像作者的爱情，时而浮出水面，时而沉入海底。我只记得，诗歌提到观察者，在没有对猫或者爱情进行观察的时候，粒子没有固定的位置、能量、颜色、热度和其他任何确定的性质，它同时处于多种状态。一旦被观察者发现和锁定，就会从众多状态中坍缩成唯一，即我们看到的现实。如果只是浅尝辄止，不去纠结背后的理论的话，这并不难理解。至于自由意志，更不必多说，但二者结合在一起，我还是第一次耳闻。通常认为，测量让量子转化为现实，但似乎并非如此。"濒死状态的人，会短暂体验既死又生，因此他们看到了你老婆。她拥有自由意志，可以选择坍缩或者继续保持量子态，而从她手中掉落的诗集难逃厄运，则会变成实物。"

"那头发怎么解释？"

"专家认为，量子态的人很难跟实物发生反应，就像全息投影，但他们仍然有微弱的力场，比如拂动一根头发。小杰有一套复杂的理论，我记不住。我个人理解是这样，可能不对，你就随便一听。她拔下一根头发，头发脱离本体，量子作用也不再纠缠，所以可以坍缩为实体。而这也成为她来过的证据。你们是不是有什么约定？"他突然问道。

"什么约定？"

"没有？你脱口而出说得那么自然坚决，看来你并不知情。"高赛说，"真是奇怪，你们的关系扑朔迷离，让我的推理时对时错。等这个案子结了，我们要好好喝一杯。我也经历过一段飘忽不定的感情，说不定能让你产生共鸣，激发灵感，写出一首惊天地泣鬼神的诗歌，就像李白写的《长恨歌》'天长地久有时尽，此恨绵绵无绝期'。真是太绝了。别看我现在这样，初中时我可是语文课代表，想不到吧？"

他又开始说些有的没的，让人听起来很烦躁。

如果他的话可信，哪怕只有部分可信，那么史婧就有存活的可能，这让我欣喜若狂。而且，她来过，她看过，她在乎，她爱我。

"走吧，今天晚上你得跟我上楼睡了，我的同事要过来检查，也许还会找到你老婆留下的蛛丝马迹。"他拈着那根长发，塞入塑料袋，"这个暂时充作证物。"

"跟我有什么关系，你怀疑我也是'质数的孤独'的成员？说实话，我倒是想加入。"

"估计够呛，他们所有成员都是数理化等学科的天才。我们调查过你，你连微积分都不懂，根本不达标。为了搞清楚他们的阴谋诡计，我这一年可没少受罪。这群人都是疯子，一直使用密文交流，即使截获了他们的信息，我们也无能为力。直到我们发现了那本诗集，对，就是你这本。我们用密文对应这本诗集的页数和行数的诗句，拼凑出一则有效信息。目前小杰已经在组织破译了，用不了多久我们就能有所斩获。"高赛继续说，"所以，你脱不了干系。"

"你把这些告诉我，难道不怕我透露给组织吗？""组织"这两个字就这样脱口而出，我下意识地把史婧的事业当成了自己的追求。

"那太好了。不瞒你说，我们早就监听了你的通信工具，只要你发出一个信号，我们就能追踪到他们的老巢。不过现在没用了，他们发现我们查到诗集了，一定会更改参照物的。说起来，你还有其他诗集吗？越不入流的越好。"

"现在的警察都这么办案吗？"我有点生气地问他。

"我不介意你去投诉，不过你可能得排几个月的队。据说我的号比积水潭[1]的专家号都难挂。"

我只好抱了被子，带着猫以及《海子诗全集》和他一起上楼。高赛用指纹打开门，如绅士般请我先进。屋里面堆满了一次性餐盒，油腻的饭味之中夹杂着些许脚臭味。我皱了皱鼻子，高赛连忙解释，气味的源头不在他身上，而是小杰。我这才发现，此时小杰四仰八叉地睡在沙发上，全无书店遇到时的清新。他一只脚搭在沙发靠背上，一只脚踩着地板上的易拉罐，脸上盖了一本打开的漫画书。这是一套两室一厅的房子，其中一间卧室布满了各式各样的电子设备，只剩另外一间可以住人。高赛邀请我同床，被我严厉地拒绝了。

"难道说，你们貌合神离是因为'同婚'？"

我用力剜了他一眼，无声地控诉。

"那怕什么！"他勾住我的肩膀，把我带进房间。不幸中的万幸，床很大。我紧紧地裹着被子，扎根在一侧，中间隔出一片空白。

这让我想起史婧，以前，我们也是这样割据，分而治之。

1　指北京积水潭医院。

"你还有什么想跟我交代的，不，应该是交心的吗？"黑暗中，他的声音响起，破坏了我刚刚营造的氛围。

13

说起来有点好笑，我跟史婧在一起是因为生辰。

不是古时讲究的八字，而是日期。我生于 2027 年 5 月 1 日。当年我跟史婧是在家人的安排下相亲的，这是个古老却管用的形式。咖啡厅的装修风格可以追溯到 20 世纪 70 年代，这是一个一百年前的粮仓，玻璃投映着金黄的麦田，一阵阵风制造出金黄色的麦浪。我们坐在谷堆上，史婧开门见山，"不要孩子能接受吗？"

"还好。说实话，我也不太喜欢小孩子。"我本来是走过场，就像前几次一样，坐一坐，喝杯咖啡，聊不咸不淡的天，时而尴尬沉默，时而强颜欢笑，最后拘谨恭送。再见，再见已是陌路。但是说不上原因，看到史婧的第一眼，我的心跳竟兀自加速，几乎要泵出血液，脸上不管不顾地涌现出了红潮。她打扮得很随意，穿一件纯色 T 恤，运动长裤，头发扎成马尾。判断你在意一个人有两个标准：第一，情不自禁在思想行为上向她贴近；第二，有意无意为自己脸上贴金，刻意拔高自己。

"我并不讨厌小孩子，相反，还很喜欢，只是我预感到自己不会是一个合格的母亲。我没有要孩子的权利。"她说得很绝对，也很决绝。

我第一次碰到初次见面就如此坦诚的女孩，所以我对她的好感陡升。

"你做什么工作？"我抛出这个古老而又必要的问题。

"待业。"

"我写诗。"

"诗人啊，真是罕见。"她对我的回答似乎有点意外。

之后便是长久的沉默，她喝光了咖啡，续杯，又续杯，然后又淡淡地说："你再喝一杯吧！"

"啊？"

"这样我们就能凑够五杯了。我喝饱了。"

我们那天并没有实质性进展，彼此在社交平台添加为好友后，就各自回家了。晚上，她给我发来信息，问我填写的生日是否属实。她语气生硬，像查户口的。我说是真的。我不喜欢骗人，说谎就像裸奔，不用别人的目光谴责，我自己就会局促不安。

她说："那太有缘了，我的生日是 2029 年 7 月 3 日。"

恕我愚钝，我实在看不出这两组数字有什么关联。我发送疑问的表情，她回复我："首先，你的生日 202751 是个质数，我的生日 202973 也是。其次，2027 和 2029 是孪生质数，5 和 7 也是孪生质数。可惜 1 不是质数，不然跟 3 就是绝配了。"

质数我有印象，只能被 1 和本身整除的数就是质数。但孪生质数我从没听说过，可我不愿扫她的兴，更不想显得我很无知，就像前面说的，有意无意在喜欢的人面前拔高自己。此时的我就是这种心情，于是我偷偷地打开浏览器查询。我正在看孪生质数的概念，史婧发来一句改变我人生的祈使句，"如果你愿意，我们就结婚吧，诗人！"

我们没有培养感情，就直接步入了婚姻殿堂，也可以说是坟墓。我觉得还好，因为我觉得把婚姻比喻成殿堂和坟墓都有些夸张。婚姻就是一个家、两个人、三餐、四季，而我们的生活没有五颜六色和七上八下，我们的生活是黑白而平静的。史婧跟我说，她不会过问我的私生活，只要别把其他女孩带回家里乱搞就行。我扑哧一下笑了，不好意思地说："你是我的第一个女孩。"

她却冷着脸，并不理会我献祭般的谄媚。

我至今都不清楚她的职业，她只是偶尔出门，大多时候跟我一样赋闲在家。不，她闲不住，因为她总是不停地计算、计算、计算。她说她脑子里有两个大数构成的齿轮。

"什么大数？"我有心跟她搭话。

"准确地说，就是大数的大质数因子。就像汽车变速箱，相邻的两个大小齿轮齿数通常都被设计成质数，以此来增加齿轮内两个相同的齿相遇啮合次数的最小公倍数，从而增强齿轮的耐用度，减少故障。我脑子里就装了这样一组齿轮。"

我假装听懂了，点点头，然后她邀请我一起玩质数游戏，我彻底崩盘。游戏很简单，就是每个人写下一个大数，由对方判断是否是质数，用时少的一方获胜。她教给我一些方法，但我根本赢不了她。我上网下载 Python，跑一个程序，把数值输入，就能轻松判断。

但我仍然赢不了她，我还没输完那串数字，她就已经有了结果。"我对数字有一种天生的嗅觉，闻一闻就知道答案。"史婧如是说。后来的游戏变成她扔给我一个大数，我来判断；我搜索一个大数，由她计算质数因子。也是玩这个游戏时，她跟我讲了 RSA 加密算法，原意是帮助我理解，但是听完之后，我更蒙了。

"这是一种非对称加密方法，使用两个不同密钥，一个公钥，一个私钥。每一次交易的加密过程，两个密钥都是必需的。例如线上购物，供应商服务器把公钥发送到你的电脑，这个密钥是公开的，可以被你获取。你的电脑用这个公钥加密一个密钥，作为你与服务器之间共享的对称密钥；收到对称密钥后，供应商会用自己独有的私钥解密。"

　　"可我网购时从没有输入过密钥呀？"

　　"不需要我们自己输入，这些都是服务器保护交易的措施和屏障。"史婧一边说，一边还在计算，"两个大质数作为私钥，乘积作为公钥。黑客破解的就是私钥。"

　　"公钥是公开的吧？如果知道一个大数，寻找它的质数因子好像很简单，你在纸上就能计算。"但是我还是有点想不通。

　　"把一个大数分解为两个质数并不是一件简单的事，我们玩的数字还称不上是大数。非对称密钥通常会使用几百位甚至上千位的数字，寻找如此大的数字的质因子，就像，就像……我不擅长比喻，不知道该怎么向你解释。"

　　"就像芸芸众生之中，遇见一个对的人。"我动情地望着她。

　　"比这个概率小多了，人类还不到一百亿人口，也仅仅不过是十一位数字。"史婧完全没有理会我的抒情和互动。这实属正常，我们很少交谈，也只有聊到她感兴趣的数学时，才会多讲几句。她每天跟猫说的话远比跟我说的多。我们之间只说一些没有意义的短句，比如"吃饭吧""出门啊"，顶多问"吃什么"，从不问"去哪里"。我们的交流更多的是通过信件。

史婧说那样的大数如果按照印刷体排版，估计跟她的头发一样长。她非常爱惜自己的头发，每周洗两至三次。史婧洗澡和洗头是分开的，她每天睡前洗澡，洗头则在洗脸池完成。她让头发完全浸泡在洗脸池里，仿佛让它们喝饱水一样。洗头对她来说是一件大事，往往要耗费许多资源和时间。

"我来帮你吧！"她并没有拒绝我。

她弓着腰，双手扶住池沿，我掬起一捧水润湿她的头发，把洗发膏挤在掌心揉开，均匀地抹在她的头发上，蘸了点水，继续揉搓。我找到一只干净的玻璃杯，另接一盆清水，用手背试探温度，舀起一杯，轻轻地倒下，如此反复。

那天晚上，史婧伸出手，与我的手握在了一起。

那是我们的第一次身体接触。

17

那天晚上我失眠了，满脑子都是史婧，她的影像逐渐变成一个个跳跃的数字，皆为质数。我能背诵1000以内的168个质数，并非出于爱好，而是出于爱。因为她喜欢这些在我看来是冰冷的数字，所以我才会强迫自己死记硬背，不停地重复，让这个毫无规律的数列变成一种膝跳反射，任何时候都能准确无误地吐出。

"2，3，5，7，11，13，17，19，23，29，31，37，41，43，47，53，59，61，67，71，73，79，83，89，97，101，103，107，109，113，127，131，137，139，149，151，157，163，167，173，179，181，191，193，197，199……"

我轻轻地背诵着，在天明时分才入眠。

刚睡没多久，我就听见一阵剧烈的敲门声，睁开惺忪睡眼，我看见了小杰。

"放心，我什么都没看见！"

　　"你的发现最好对得起刚才的火急火燎。"高赛坐起来，双目炯炯有神，"说。"

　　"总部发来信息，墨城新区炼钢厂被病毒攻击。他们怀疑是'质数的孤独'所为，总部让我们尽快赶到现场。"

　　"出发！"高赛下床就走，在小杰的善意提醒之下，才回来又套上一条裤子，跟我说，"安顿好你的猫，下楼跟我们一起去！"

　　史婧：

　　　　你好。

　　　　见字如面。

　　　　今天是个特殊的日子，我想给你一个惊喜，但很抱歉，我搞砸了。你知道我并无恶意，我只是想讨好你而已。我知道，这有悖于我们当初的约定。我们说好了，互不干扰，只做彼此的屏障。我向你道歉。

　　　　你说过，我们的生日是个特殊的组合，都是质数。你还说，质数都是孤独的。非对称式加密方式都是使用大质数，这是世界运行最合理也是最安全的模式。所以，世界的本质是孤独。你说这些话的时候语气风平浪静，我却听出了波涛汹涌。我是一个诗人，拥有敏感的触觉，有时候对一个意象、一个词组着迷，对于感情，却是十足的生手，和你一样。我只是抑制不住自己。

我不想干预你的生活，但是如果可以的话，我能参加你们的聚会吗？我也很喜欢猫。

客厅还透着光，你在生气吗？

我再次向你道歉。

早点休息吧！

期待收到你的回信。

罗凯

19

我们搭乘的是一辆安吉星自动驾驶汽车，高赛坐在驾驶座，他将驾驶模式更改为手动模式，一路狂飙、超车，我跟小杰则小心翼翼地在车内用餐，结果还是洒了一身豆浆。到达案发现场时，已有消防官兵布防，工人都被疏散了。

负责人告诉我们，钢厂操作系统遭到破坏，高炉无法关停，持续运转，超出负荷，随时都会爆炸。小杰立刻来到钢厂控制室，在键盘上噼里啪啦一通操作。我跟高赛都是门外汉，只能静观其变。负责人简单交代几句，便赶忙离开了。

控制室并不在安全范围，如果现在爆炸，我们恐遭伤害。

"你怎么还在这儿？"高赛一直盯着小杰，猛地看见我，"快走！"

"你怕死吗？"

"我们死了是因公殉职，你死了就是伤及无辜。"

"我不怕死。"

"神经病。诗人都这样吗？"

如果破坏确系"质数的孤独"所为，如果变成量子态的史婧参与其中，那么越接近案发现场，邂逅她的概率就越大。当时我脑子里只有这一个念头，与生死无关。小杰把帽檐转到脑后，深吸一口气，十指翻飞，像是加了快进效果一样。房间里安静极了，只有敲击键盘的声音和机箱运转时轻微的轰鸣。诗写多了，就喜欢用一些不和谐的偏正短语。轰鸣怎么能跟轻微搭配？就像我跟史婧。操作室里有许多屏幕，其中大部分都处于瘫痪状态——黑屏。不时从四边溜出一个雪人形象，它滚动着一颗雪球，从画外走入画内，继而走出，雪球越来越大。事后小杰告诉我，这是雪人病毒，雪球膨胀到一定程度就会引发雪崩，届时，任何人都无力回天。那天，雪人没有得逞，它在小杰的照耀之下融化了。高炉停止运转，虽然爆炸得以避免，但仍然给钢厂造成了难以估量的损失。眼见为实，不管我怎么抵触，这就是赤裸裸的恐怖袭击。

"奇怪。"高炉关停，小杰却没有丝毫兴奋或者后怕，而是更加愁眉不展。

"怎么啦？"

"有一段代码空白，攻击停止了几秒。高手过招，一个破绽就能决定胜负或者生死，只是这个破绽太低级，显得有些刻意。对方自废武功，似乎是为了保全什么。"

高赛凝思片刻，让小杰调查钢厂信息，随后我们便驱车离开了。"这个钢厂的系统也太落后了，我怀疑自从钢厂落成，主控机器就没有更新换代过，竟然存在'心血'漏洞。我以为这种漏洞在半个世纪之前就被彻底堵上了，没想到还有这么大一条漏网之鱼。"回程路上，小杰高谈阔论。不等我和高赛发问，小杰主动补充，"'心血'漏洞是由 OpenSSL [1] 里被广泛使用的'心跳'扩展中一个低级软件开发错误导致的,因此而得名。窃听者可以利用漏洞获得密钥、用户名和口令字,任何由 SSL 提供的安全性保证都形同虚设。"

"开始了。"高赛没头没尾地来了一句,这次轮到我和小杰疑惑地望向他,"我们可能搞错了,他们的目标不是网络,而是实业。我记得你说过,从使用无线电通信的嵌入式胰岛素泵到 GPS 卫星都属于现代网络的一部分,汽车、自动取款机、医用设备等都与网络有关,都可能成为下一个攻击对象。"

"以我对黑客的了解,我还是觉得,相比这些,'灰城'更有吸引力。"小杰猛地发现我也在车内,紧张地看了高赛一眼,"这些能说吧?"

"放心,我对诗人的破坏力有信心。"

"别叫我诗人!"我吼道。

"看,诗人不乐意了。"高赛满不在乎,转头对小杰说,"你继续。"

"通过密文破译,我们得到一些关键词,其中提及最

---

1 OpenSSL 是一个开放源代码的软件库包。

多的就是'灰城'。所以，我们认定他们的目标就是'灰城'，这是其一。其二，'灰城'的吸引力和影响力是那些基础设施难以比拟的，光是想想就让人心动。简单来说，'灰城'就像神经，实业不过是四肢。切断四肢，我们可能暂时失去行动能力，但如果切断神经，整个人就废了。"

"'灰城'是不错的目标，但是太不现实。'灰城'在哪儿？它可是使用了最新的量子加密技术，有专项小组二十四小时监测的，一旦出现异常访问都会引起注意的。"高赛持不同意见。

这次轮到我看着他们了，但是高赛和小杰都不打算给我解释"灰城"，我眼下只能猜测，"灰城"可能是一台超级计算机，就像天河计算机组。

"这倒是。"小杰没有跟高赛唱反调。

小杰率先下车，去调查跟钢厂有关的信息，高赛把我直接拉到一家快餐厅。现在时间是上午十点，早餐店已经关门，其他饭馆还没开始营业，我们只能吃快餐。

"你觉得他们最想攻击哪里？"

"我怎么知道？"我咬了一口汉堡，肉汁和菜叶混在嘴里搅拌，"知道也不告诉你。你们警察办案不都是靠证据吗？现在改用想象力啦？"

　　"如果我是恐怖分子，一定想扩大恐慌，最好是把人们都卷进来，让他们切身感受到恐惧，而不是通过客户端新闻推送这样隔靴搔痒的方式。钢厂并不是最好的目标，还不如袭击自动驾驶系统，造成大规模车祸。"高赛自顾自地推理，没有理会我的揶揄，"希望小杰能尽快反馈，我们在跟死神争分夺秒。我这么形容你老婆，你不介意吧？"

　　"我没那么无聊。"

　　"是啊，我们都是成年人，不像小杰，他还是个孩子。"

　　"小杰太年轻了吧，有二十岁吗？"

　　"十七。"

　　"未成年？"

　　"他十五岁时就夺得了当年 BugBounty 比赛的冠军，是史上最年轻的导航者。"我已经积攒了太多赞扬的词了，俗话说"虱子多了不咬人"，回头一起搜索就行。高赛吸干一杯可乐，发出刺耳的吱吱声，他惬意地打着饱嗝，望向我，"其实我对他了解有限，我叫他小杰并不是亲切的昵称。事实上，我并不知道他的全名，小杰可能是他的代号。毫无疑问，他是计算机天才，一直在寻找'灰城'，之前还曾黑过警队网站，只为窃取相关情报。他们费了很大力气才找到小杰。他的罪名可大可小，上面一个转念，他就可能沦为阶下囚。网络部门力荐，把他吸收进来，助其改邪归正。我对他始终有所保留，就像对你一样。别想瞒我，我可是火眼金睛。"高赛突然严肃，眼神凌厉，这时他突然捂着小腹站起来，"凉的喝多了，肚子疼。"

我跟高赛一起进了电梯，我是先下来的，他继续攀升。回到家里，一切如常。警方把翻查过的东西全部复位，表面看不出一丝痕迹。猫在卧室门口的坐垫上熟睡，我脱在旁边的拖鞋还是那样摆放着。客厅窗户没关，一阵风造访，把墙上的"奠"字吹得簌簌直响，其中一角粘贴的胶布也掉落下来。我找来胶带又重新粘好，用大拇指指腹使劲按平。

"奠"字下面，是她的动态遗像。

这是一种最近几年流行起来的技术，把逝者从出生到死亡的照片输入其中，可以浏览他的一生。后来扩展为照片后面超链接一条视频，如果你不去观看，照片始终按照先后顺序流转播放，一旦有人注视，它就会播放逝者生前任意年龄的时光碎片。这项技术最大的特点是捕捉视线，内置感应器可以识别人眼，原理参照面部识别系统。另外一个特点是随机，你永远不知道播放的是死者在何时何地的画面。我能体会设计者的良苦用心，当你想念那个人，又不敢面对她时，随机就成为一种安慰。

23

我无聊地在网上游荡。

这是史婧去世之后，我第一次碰电脑。

不出所料，"灰城"并不是城邦，而是传说。网络上仅有一个词条：

"灰城"是数据堆砌的城堡，里面拥有每个人的过去，但大门紧闭，不对任何人敞开。"灰城"是墨城的背面。

墨城是我生于斯长于斯的城市。

导航者的信息倒是很多，多跟航海、航天有关，显然不对口。我又加上一个关键词"bug"，大部分选项是导航系统bug，仍然差之千里。我记得高赛还说了另外一个单词，却怎么也回忆不起来，不过即使回忆到位，也不一定能准确拼写出来。事实是，我高估了自己的检索能力，我以为只需输入词语，轻轻敲击就能得到反馈。我对网络的认知过于单薄和肤浅。我正准备下线，屏幕突然一片漆黑，只剩闪烁的光标。很快，出现了一颗忽明忽暗的光点，又一颗，仿佛满天繁星，我还没搞清楚状况，屏幕上弹出了一个对话框：

"你是谁？"

我的第一反应是电脑被黑了。我并不惊慌失措，里面并没有什么不能失去和访问的秘密。我反倒有些心动，就像沃特·迪士尼先生跟老鼠之间的友谊，穷困潦倒的画家把人人喊打的老鼠当成慰藉孤独的伴侣。当你足够寂寞，任何闯入者都能给你带来惊喜。

"你是谁？"我决定逗逗这只"老鼠"，反问回去。

"我是一个孤独的质数。"

"史婧？"

"史婧？我们从不称呼彼此姓名，她是雪人53号。你可以叫我雪人23号。我见过你，在葬礼上，你一点儿也不悲伤，没有一滴泪水。稻草人都没感情啊。"

"你怎么知道稻草人？"我诧异万分，这是我跟史婧独有的秘密，我没想到，她竟然随便地告诉了别人。

"很惊讶吗？我们每个成员都有自己的稻草人。"

"稻草人也比恐怖组织成员要好吧？"

"哈哈。恐怖组织。我们只是在网络上追寻绝对自由，我们在创造每个人的自由。你以及所有人，都应该感谢我们，是我们扯下了遮住你们双眼的黑布。"

"我不关心自由，我只在乎史婧。她在哪里？"

"你们这些稻草人啊，你知道什么是稻草人吗？'质数的孤独'成员都是单身，我们同时也追求现实生活的自由，但为了掩人耳目，我们会找异性结合，这些人，包括你在内，就是稻草人。就像麦田里的稻草人，吓唬啄食的鸟。我们的人遍布世界各地，各个领域。史婧是我们最优秀的成员，数学天赋惊人，所以我们选中她从经典世界进入量子世界。你问我她在哪里？她无处不在。"

对话框忽闪一下就灭了。显示器上突然出现了一个推雪球的雪人，雪球越滚越大，逐渐占满屏幕。轰的一下整个屏幕上充满雪花，系统瘫痪了。

稻草人。

雪人。

我愣愣地看着雪花，回想起我们从初遇到分别的时光，我只不过是她计划中的一环，甚至不是不可或缺的一环，任何一把干草都能扎成一个虚张声势的稻草人。至少她没有骗我，从一开始，她就跟我厘清了婚姻的实质，我们是同一屋檐下的两个房客。我想起我们第一次见面，想起我们坐在长桌对角，投入各自的疆域，不时抬头，相视一笑；想起我为她洗头，黝黑的长发，白皙的脖颈；想起她叫我诗人；也想起那天黄昏，她戴着 Vision[1] 突然惊厥，设备故障，电流瞬间陡增，暴击她的大脑；想起她的葬礼……现在看来疑窦丛生。医学上的死亡是谁做的判断？火化的尸体去了哪里？"质数的孤独"遍布世界各地，各个领域，他们躲在幕后，导演了史婧的死亡，偷梁换柱，运走尸体？不，她当时还活着？是我亲手把她从经典世界送到量子世界……

佛说，三千世界。她去了哪个？

一连几天，我都不能消化这些胡思乱想。我像猫一样在地上爬行，寻找发丝，还盯着史婧留下头发的那页诗句，终日不动，如同坐化。我仿佛也变成量子态，忽而聚合，忽而分散。我接到高赛的电话时，以为身处梦中，他一句话就让我清醒了，"我们找到你老婆了。"

1　一种虚拟现实（VR）或增强现实（AR）设备。

29

通过层层追踪，小杰摸清了攻击脉络。

新区钢厂隶属于一家能源公司，该公司旗下有许多产业，钢厂、机器服务和挖掘机是其支柱，机器服务领域主要涉及制冷系统的建造与维护，最大的客户是城邦电力集团。

"我都说了，他们不是一般的恐怖分子，他们从不使用打打杀杀、威胁恐吓这种低级手段，他们居心叵测。想想看吧，当今世界，一切都离不开电力，哪怕中断几秒钟，造成的损失也是天文数字，这可比汽车炸弹爆炸的后果严重多了。"高赛侃侃而谈。

数字。我的心里紧了一下。史婧的血液里流淌的就是数字。至于天文数字，411302715452203算不算？我连自己的电话号码都记不住，这组数字却深深地印在我的脑海里。

"这跟我妻子有什么关系？难道是她变成量子态攻击了电网？"

"这涉及网络加密解密。一些军事和重要网络开始普及量子加密技术以保护数据安全，理论上非常安全，无懈可击，只有量子计算机能够破解。幸运的是，量子加密技术的发展远比量子计算机超前，目前还没有真正意义上的量子计算机问世。不过，仍有一些基建设施使用传统的 RSA 非对称加密方法。这种方法非常简单，就是增加密钥长度，从 1024 位升级到 2048 位，即使使用世界上运行速度最快的计算机组，也要上亿年才能破解。非对称密钥体系中的公钥和私钥都源于大数的因子。"小杰解释道。

"算了，多说他也不懂。"高赛打断小杰。

"准确地说，是大数的大质数因子。"我说。

"你不是诗人吗，怎么知道这么多？现在写诗要求这么高吗？"

"先回答我的问题，这跟我妻子有什么关系？"

高赛示意小杰继续，"各国居民供电电压和频率都不一致，现在出国旅行都要携带电源适配器，新一代量子加密设施并没有覆盖墨城电网，目前使用的仍是 RSA 大数加密，而且为了避免反应延迟，密码长度只有 1024 位。我们怀疑，'质数的孤独'在偷偷研发量子计算机，他们很可能已经成功了，如此一来，破解电网密码不在话下。一旦破解，他们只需持

续不断地发送攻击数据，就可以炸毁发电机，就跟之前他们
在钢厂散布的病毒是一个道理。黑客们非常善于找到网络中
最薄弱的一环，他们通过钢厂黑进母公司，又从母公司的通
道连入另外一个子公司。而这个子公司就是维护制冷系统的
服务商，通过追踪这些制冷设备，连接到电网核心系统。"

"你说，这个恐慌和破坏得有多大？不过不用担心，"高
赛来了一个大喘气，"我们已经布下天罗地网，就等他们自投
罗网了。"我剜了高赛一眼，"我还是不明白，量子计算机跟
量子态有什么联系？变成量子态是制造量子计算机的前提？"

"这个问题非常白痴。"小杰毫不留情地指出，"这完
全是两码事，就像吸猫并不是把猫塞进鼻孔。目前建造量子
计算机的方法有三种，分别是原子离子量子比特、超导量子
比特和固态自旋量子比特，没听说过让人进入量子态。而且，
我始终对这个说法存疑。我更愿意相信眼见为实的科学。什
么叫自由意志啊？少拿这些哲学概念糊弄人。"他把"眼见
为实"这个成语咬了重音，大概是对看不见、摸不着的量子
态有些排斥。我没他那么执着，我愿意相信，只因这个理论
能够让史婧死而复生。不管是先进的科学，还是传统的邪说，
我都接受。我只想，见她一面。

"来吧，我邀请你跟我一起收网，说不定会遇见你既死

又活的老婆。"稍后，高赛补充道，"其他警察可不会这么办案。"

31

我多想敲开她的心扉，住进她的心里。

为讨好史婧，我特地背诵 1000 以内的质数，在她生日那天，作为礼物送给她。我以为她会感动，"这是我收到的最美丽的礼物"，或者，"谢谢你，诗人，这很浪漫"。然而那天史婧下午带猫出门，深夜才回家。我守着一桌精心准备的饭菜"孤独终老"。她有自己的生活圈子，数学和猫都位于圆心，我则游走于圆外，充其量是一条外切线，只有名存实亡的婚姻让我沾了她的边。

"还没睡？"

"在等你。"

"早点休息。"

"你饿吗？"

"我在外面吃了。早点休息。"

"2，3，5，7，11，13，17，19，23，29，31，37，41，43，47，53，59，61，67，71，73，79，83，89，97，101，103，107，109，113，127，131，137，139，149，151，157，163，167，173，179，181，191，193，197，199……"

史婧愣了一下，"别背了，早点休息。"

我不想休息，也无心睡眠。我盼望着那只曾经穿过冷漠的手再次勇敢地抓住我，然而整个晚上，她都没有跟我互动。我的耳畔也始终没有响起她均匀的鼻息。我知道，她跟我一样清醒。她在想什么？她在想我吗？两个人睡在同一张床上，伸手就能拥抱，彼此却像隔了天堑。什么叫咫尺天涯，这就是咫尺天涯。我不禁怀疑这段婚姻存在的必要性，甚至是可能性。可是长久以来的朝夕相处让我们之间产生了一种奇怪的张力，维持在一个平衡，不会太远，不能太近。她爱我吗？答案不言自明，如果非要问出这样赤裸裸的问题那真是自讨没趣。何况今天是她的生日，我应尊重她的主观意愿。饭菜和质数，都不过是我的一厢情愿，这么做除了让彼此难堪，没有任何价值。后半夜，我迷迷糊糊地睡着了，我梦见了她，一个温馨又明亮的梦。梦中的我们那么和谐，就像所有恋人一样在街上大大方方地牵手，我们一起去影院，加入一场电影的冒险，然后共进晚餐。她脸上一直挂着浅浅的微笑，幸福由内而外。城市突然变成了草原，我们开车前往一片静谧的星空。我试探地拥抱了她，她甜蜜地依偎在我怀里。我从梦中醒来，眼角竟然挂着眼泪。在梦中相遇，醒来总有一种别样的美好，让人向往。都说梦中遇见的人，醒来就要寻找。她就在眼前，我却无法靠近。

我索性来到书房，给躺在卧室的她写信。

这是史婧在我们结婚不久后发明的聊天模式，她说她喜欢使用信件交流，于是我们开始通信。没有信封，只有信纸，邮递员是我们自己，我投递给她，她反馈给我。一般来说，我写五六封信，才能跟她打一个来回。可我非常知足，反反复复流连于字里行间，每一个字都很熟悉，每一个字都很特别，仿佛有了生命和性格。写好信，我放在她常坐的位置，回到卧室，她已经入睡。我多想抱抱她。而此时我只能面对着她的后背，轻轻地抚摸她的长发。我能想到最浪漫的事，就是和她背靠背躺在床上读写给彼此的信。

清晨，天刚亮，史婧没吃饭就出门了，她没和我说去哪儿，我也没问。这是我们的约定和默契，互不干涉。我久久地躺在床上，一直半梦半醒，梦见起床，梦见做梦，如此挣扎了半晌。我想通了，婚姻原本就是各取所需，没必要上纲上线，搞得好像谁的付出多伟大，谁的坚持多珍贵一样。我准备把昨晚的饭菜倒掉，却发现她已经收拾干净，餐桌上有一杯牛奶，杯子下面压着一张字条：

可乐鸡翅有些咸。

P.S. 已读。

真没出息，我差点儿没忍住哭出来，随后便破涕为笑。一旁的黑猫警惕地望着我，好像在提防一个随时会发病的精神病患者。我注意到它的情绪变化，想跟它分享快乐。过去一段时间，我们建立了还算不错的友谊。我想抱它，却被它尖叫着挠破了手背。

我没想跟它斤斤计较，但是黑猫在躲避过程中碰到门框，尖锐的角度和巧妙的力度给它造成了巨大伤害，鲜血直流。最后，我打了五针狂犬疫苗，它缝了五针。我们这次负伤让史婧非常着急，但显然，她更关心黑猫。没多久，黑猫伤口痊愈，即使仔细看，它的额头也没有明显的疤痕。因为当时史婧为它选择了美容线。

我平时很少上网，偶尔登录浏览器查阅几首诗歌出处，再就是学习做菜的诀窍。史婧吃完我做的饭菜，让我备受鼓舞，很想再接再厉。我把光标点在空白处，系统自动提供十个热搜，不外乎政治军事、明星出轨，而这中间有一条吸引了我的注意，《惊！一只黑猫竟然出现在保险柜中》。新闻标题一般都哗众取宠，我点开求证。新闻讲道，某企业家夜里总是听见猫叫，起身检查，一无所获，但叫声凄惨，不绝于耳。这是标准的恐怖片模板。最后，他找到声源，一只黑猫竟然躲在上锁的柜中。舞台上的大变活人是魔术，生活中的大变活猫则闻所未闻，因此成为热搜。网友纷纷质疑炒作，由于太过背离科学法则，唯一的解释就是该企业家一手包办了这条新闻。什么都可以造假，就看利益关系。这条新闻下面也有一些拥趸，并且给出一些貌似真实的经历，比如在飞机厕所遇见一只橘猫，在南极考察站机房发现一只暹罗猫，这些奇怪的案例都不足为奇，反而是另外一条普通的回复让我坐立不安。一名网友声称，她在自家鱼缸里打捞出一只被淹死的黑猫，由于毛发被水打湿，结成一团，可以清晰地看见猫的额头上有一道疤痕，还能看到细密的针脚，不多不少，一共五针。我靠在椅背上，瘫坐了一刻钟。趁史婧不在家，我用美味猫粮控制住黑猫，仔细拨开它额头的毛发，却找不到一丝伤疤存在的痕迹。

很快，我渐渐地忘却了。这些离奇古怪的热搜也凉透了，每天都有新的问题出现。

一晃几个月过去，我的生日也到了。我不奢望史婧能像我一样用心准备、绞尽脑汁、亲力亲为，只要她能记得，跟我说一句生日祝福，我就会心满意足。

她最近频繁外出，有时半夜才回。我出于好奇，跟踪过她几次，但总是在岔路口被甩开。我不知道，为何参加猫友聚会如此神秘，还要讨论至夜深。我只能安慰自己，也许猫友跟猫一样喜欢夜间活动。爱猫之心，人皆有之。

我本想汲取上次的教训，让所谓的纪念日沦为普通的一天，可是内心的雀跃又难抑。中午时分，我特地给史婧发了一个消息："今天是什么日子？"

她没有回复。我紧紧地盯着手机，就像猫盯着老鼠出没的墙角。手机屏幕忽闪一下，我立刻扑上去。编辑催稿、朋友留言、系统提醒，各种各样的骚扰信息接踵而至，每次都把我的胃口高高吊起又重重地粉碎。直到半下午，史婧终于回复："哦，今天是国际劳动节。"

好吧，我放弃了。我失望地窝在沙发里，最后竟然在沙发上睡着了。不知过了多久，史婧轻轻地把我推醒。

"回屋睡吧！"

"不用了。"我发起脾气。

"哦。"

我转过身，等待听她离去的脚步声，可没想到她竟爬到沙发上，从背后抱住了我，"现在是晚上 11 点 47 分，真巧，11 和 47 都是质数。这些天太忙，没来得及准备礼物，我不会写诗，给你唱首歌吧！"我完全没有反应过来，耳畔已经响起她的歌声。她呵出的气息扑到我耳朵里，有些温热和痒。

我不是个稻草人
不能动不能说
已把爱紧紧绑心中

我不是个稻草人
没人爱没人懂
再难再疯我要结果

我从没听过这首歌，也没听过史婧唱歌。她的声音在我的耳根盘旋，痒痒的，湿湿的。如梦似幻，我受宠若惊。这首歌叫《稻草人》，距今已有六十多年历史。我后来总是单曲循环这首歌，在每个繁星抛弃银河的夜里。这是后来的故事。当时，她唱完歌，有一段短暂的空白，我享受着绕梁的余音，不忍用语言破坏氛围。我乖乖地听从她的安排，回到床上就寝，我们像往常一样卷进自己的被筒，各自为战。没一会儿，她就钻进了我的战壕。

第二天早起，她又不见了，餐桌上有一封回信。

> 诗人：
>
> 你好。
>
> 见字如面。
>
> 我没有生你的气，谢谢你送的生日礼物。
>
> 我最近非常忙，日夜颠倒，可能会影响你的作息，请别介意。过了这段时间，我就会还你清净。
>
> 有时候想起来，就像一场梦。我们是两个迥异个体，怎么会粘贴到一起？过去像是一场电影，而我不是演员，只是置身事外的观众。你一定也有过类似体验，毕竟，我们生活在同一片屋檐下。
>
> 关于聚会，抱歉我不能带你同去，这个组织非常奇怪，拒绝陌生人加入。很高兴你也喜欢猫，希望它也喜欢你。未来的日子里，你们一定要好好做伴。
>
> 我想过正常人的生活，可是每个人都有他的选择，你选择诗歌，我选择数学，你选择我，我选择你。有时候，

我们却没有选择……

　　我也不知为什么写到这个话题，更多是想到哪里，就写点什么，没有腹稿，没有谋篇布局，纯粹是有感而发。你可以跳跃，也可以忽略，没什么实际意义，这更像是牢骚，连感慨都算不上。可能，只是想多攒几个字，显得我用心。毕竟写信是我的提议，我却很少提笔，拉拉杂杂写了这些，将就看吧。

婧

37

　　高赛把胡子刮净，下巴一片铁青，看上去精神抖擞。我了解他这种人，破案就是他生活的全部，就是他心仪的对象。而今天对他来说是个大日子，他特地捯饬一番，做出隆重的回应。我了解他这种人，因为我就是这种人，史婧也是，只不过我们迷恋的事物不同。他也是一个质数，一个孤独的质数。

指挥中心比我想象中更加巨大和忙乱，成百上千名身穿制服的警务人员枕戈待旦。这看起来不像一次抓捕行动，更像是一场战争。我很难摆正自己的位置，我当然拒绝恐怖袭击，却也不愿警方破案。那些曾经跟史婧并肩作战的人们，恐怕还不知道自己已是瓮中之鳖。他们想象中的狂欢，其实早已落幕。

"壮观！"高赛说，"我们差点儿把门卫都出动了，这可是墨城建市以来最大的案子。"

"不至于吧？"

"非常至于。但凡联网的线路都能接触到电网，他们一定会经过多层伪装和转折，我们必须追踪每一条触角。哈，我这个修辞还可以吧，诗人？"

"别叫我诗人！"我又一次提醒他。

我不想跟他多说一句，高赛却不依不饶，"我们设置了阈值，一旦信息涌入过量，就会触发警报。你知道我现在最担心什么吗？我最担心他们突然收手，放弃犯罪，这会让我们的心血付诸东流。"

很快，高赛的担心多余了，第一条警报响起。

紧接着第二条，第三条，第十条，一百条，成千上万条。

"看，我就说他们狡猾吧！他们放出烟幕弹，但架不住我们人多，一条一条试错也来得及。"高赛说完抛下我，投入这场属于他的战争中。我开始期待警方成功，如此一来，我就能跟他们一起打入"质数的孤独"，寄希望于在那里见到史婧。

亿，兆，越来越多的信息涌入。

指挥中心热火朝天，只有我置身事外。

"找到了！"小杰喊道。

"全体出发！"高赛命令。

"你们先走，我要留下来安装一个追踪程序。"小杰看着我说，"你的电脑被雪人攻击了吧。我能找到他！"

"不用多此一举，我们已经锁定了他们的巢穴。"高赛对小杰说，似乎不放心留他在这里。

"狡兔三窟。对于这些擅长用网络节点伪装线路的高手，何止三千窟。"

"好吧，我们先走，你随后跟上。走吧，诗人。派对开始了。"高赛推了我一把，我好像失去重量，一个踉跄飘到空中。

我又开始梦游了，追随着高赛的步伐，亦步亦趋。汽车风驰电掣，无限逼近案发现场，高赛看上去反而有些害羞，似乎初次跟爱人约会一般。我想起和史婧的初次约会，那间古老做旧的粮仓，玻璃上的电子画面。这个年代，假象栩栩如生，真相无人介怀，越来越逼真的 VR 游戏成为人们逃离生活的首选。史婧在世时常常下沉到"M 世界"，但我从不碰那玩意儿，我恋旧。

这只是一间普通公寓，越是普通，越容易掩人耳目。高赛随大部队冲入屋内，我在门外等待信号，半晌没有回应，我试探着走进去。我不知该怎么形容这样的场面，颇有些黑色幽默：屋内并无一人，只是蹲着一群花色各异的猫。茶几上有十几个瓷杯，数量大概跟猫相仿，好像是猫们在聚会，一边喝咖啡，一边抱怨各自不靠谱的主人。

"可恶，我们让一群猫给耍了。"高赛看着我，一脸落寞。

本想请君入瓮，结果自己成了瓮中之鳖。我不高兴也不难过，只是四下寻找，可是我并没有找到史婧的踪影。猫儿对我们的破门而入大感不解，发出阵阵叫声。上百名警员把这栋大楼团团围住，就是为了逮捕一群猫？这个失误传出去，不仅高赛，整个警局都可能成为人们茶余饭后的谈资。高赛不愿接受这个赤裸裸的失败，发疯似的翻箱倒柜，仿佛能从衣柜和门后抓出几个嫌疑人。只要是人就行！

"起码我们阻止了他们的阴谋。"随后赶到的小杰说。

"咖啡还是热的。"高赛端起杯子喝了一口，"他们没走远！一定有内鬼，泄露了我们的计划！"他盯着小杰怒吼，后者一脸坦然，不解释，也不急躁，清者自清。"是不是你？我早就看你不对劲了，你跟他们是一伙的，你也是'质数的孤独'的成员！你本就是黑客！你刚刚是不是给他们通风报信了？一个电话过去，可比出警速度快多了。"

　　高赛抓住小杰衣领，后者轻轻地挣开，"没错。我是跟他们惺惺相惜，但我现在的身份是一名人民警察。"

　　"实习网警而已。"

　　"我对得起肩上的警徽和责任。我没有通敌。"小杰交出手机，"给我一点儿时间，我能找到他们的据点。"

　　"给你一点儿时间，还是为他们拖延一点儿时间？"

　　"相信我。"

　　高赛竟拔出手枪，但是黑黢黢的枪口指向我的脑门。他转头对小杰说："我相信你，没有内鬼，但是有鬼。有比电话更快的传播速度，量子态不是可以瞬间在宇宙中穿梭吗？"他说着面向我，她"就在这里！"高赛环顾四周，在虚无中寻找光，"你赶紧现身！否则我一枪打死你老公！"

　　"没用的。"我说，"跟他们庞大的计划相比，我实在是微不足道的一环。而且，我只是她的稻草人。稻草人你明白吗？"那一刻，在我看来死亡并非面目可憎，反而有些秀色可餐。

"我数三秒。"高赛根本不理会，冲半空大吼大叫"3…2…1！"

一根发丝缓缓地飘落，横在茶几上，我伏身去扑，却被高赛一脚踹开。我手脚并用，挤到高赛身旁，看见茶几上蚊腿般纤细的笔画。

与此同时，小杰大喊一声："找到了，在墨城 A-3 区灵堂！"桌面上，头发蘸着咖啡写的两个字正是"灵堂"。

史婧：

见字如面。

好久不跟你通信了，你那边一切都好吧？

我都好，猫也很好，不用挂念。我们每天按时吃饭，按时睡觉，按时，想起你。想起你，是想起那样一个午后，你刚刚洗了头发，在阳光中晒着，卷曲的黑色长发沁出一颗颗水珠，仿佛它们是有生命的。想起你，是想起一张空白的沙发，你曾经最爱躺在那里，你的形状和质量仿佛都在。想起你，是想起我们第一次见面，你那么冰冷、遥远、以自我为中心，让我想起"看云很近、看我很远"

的名句，我却遏制不住地想形容你，对所有定语都前所未有地挑拣与嫌弃，觉得写出来的字块都配不上你，你的美无法形容。

想起，忘记。

你不在的这一年，说实话，我适应得很快。我们本没有太多交集，你释放出来的空间，就像书页两侧的留白，不会对我的行文造成影响。我这么说你别生气。你怎会生气，这不正是我们从一开始就达成的默契吗？

说个好消息，我的诗集再版了，这真是奇迹，没想到这年头还有人读诗。你总说，我像是个行走的文物，从生活习惯到兴趣爱好都向20世纪80年代看齐。没错，我向往那个时代，也喜欢那个时代的诗歌，因为那是一个诗歌的时代。

马上就到一周年了，时间过得真快，一晃三十多年。我禁不住悲伤，想到一晃，再一晃，人生不就这样蹉跎了吗？我感到一觉醒来，就会变成一位行将就木的老人。还是你幸运，把生命定格在最美丽的年华。你再也不会老去了。只是，孤单吗？不，不会的。我们在一起的时候，也是两个人的孤单，现在分开，可以说各得其所。

可是，你真的一点儿都不想我吗？

　　我好想你啊。你知道吗？我常常走着走着停下来，或者枯坐一宿，大脑完全放空，半天才反应过来，我是在想你。你说你不擅长比喻，但我精于此道，我要把这种情绪比作一朵云。我想你时是云，风一吹，就散了。

　　先写到这里吧。

　　天就要亮了，你在哪里呢？

凯

　　P.S. 你爱过我吗？

41

　　见字如面，却再也无法见面。

43

今天是史婧去世一周年忌辰。

我如约来到灵堂看望她，却是以一种唐突的方式，跟我一同前往的，还有一队全副武装的刑警。你真的是恐怖分子吗？你到底在做什么，想做什么？我从未真正地了解过你。我距离真实的你越近，就越是把你往绝路上推。你真的爱过我吗？我曾假装有的。你牵我的手，与我水乳交融，这些在其他夫妻之间正常、普遍的行为，对我却是莫大的恩赐。但我知道，这不过是你一时兴起，或者出于怜悯对我的补偿，我们一直践行婚前承诺，不干涉、不过问，朝夕相处没有使我们的关系更进一步。之前是陌生人，现在是熟悉的陌生人。你死后却又释放信号，你看我的诗集，写我的诗，还写下"我在这里等你"。你到底在哪里？

我以为会在灵堂遇见史婧，不管以哪种方式，我们最终会相见。我以为的，只是我以为。我们没有见到史婧，但找到了"质数的孤独"其他核心成员，并将其一网打尽。

"你们来得比我预计的时间要快，但还是晚了一步。"是那个穿着牧师黑袍的司仪。他并不是司仪，而是灵堂员工，参与并主持了史婧的葬礼。高赛调查过参加史婧葬礼的亲朋好友，却忽略了工作人员。"我们又见面了，雪人 53 号的稻草人。"

"你是雪人 23 号？"

他微微一笑，予以默认。我冲上去问他："史婧在哪儿？"

"这个问题我已经回答过你了，她无处不在。也许正在银河系旋臂看星星，也许正在你家逗猫，也许，就站在你旁边。"

"不用玩这些文字游戏。"高赛上前给雪人 23 号戴上手铐，他并不反抗，"你被捕了，罪名是从事恐怖活动。你有权保持沉默……"

高赛带队，把灵堂里的所有人员缉捕归案，当下的火化和祭奠活动全部取消，进行彻查。此举遭到正在举行葬礼的家属的强烈反对。他们缅怀死去的人，但如果不及时阻止恐怖袭击，会有更多的人死去。按照高赛的猜测，组织不会善罢甘休，电厂袭击失败，一定还会发起其他攻势。高赛的坚持没有带来配合，反而造成误解。对于那些刚刚失去至亲的人们来说，没什么比让亲人入土为安更重要的事情了。警察也是人，也是孩子的父亲、父亲的儿子，他们或多或少都经历过给亲人送葬，确实有些不忍。高赛完全不顾这些，就像冰冷的刽子手，哪怕即将砍下的头颅长在自己颈上，也会不留情面、毫不犹豫地挥刀，义无反顾，视死如归。他抽出手枪，朝半空放了几枪，嘈杂的人群顿时安静了下来，开始配合。他们心疼逝者，更害怕变成逝者。高赛露出一双什么都做得出的红眼，不禁让人胆寒。

　　警队高效运转。他们把人群分成两拨，一拨是逝者家属，一拨是工作人员。之后他们对灵堂进行搜索，很快就找到一个特殊的房间。与其说是一个房间，更像是一个酒店大厅。没人想到，灵堂里面竟然窝藏了这样一个超现实的所在。四面墙壁都是一体纯白的板材，看不到衔接拼凑的痕迹，白得有些不真实，一个笔点在上面都会显得十分刺眼。房间遍布各式各样的仪器、大大小小的屏幕、五颜六色的电线，最惹人注目的是大厅中央竟然摆放着一排蹦床。用蹦床来形容并不严谨，这些设备的底座都是一个正方形边框，从四个内角牵出对角线，交会的中心处有一块薄膜。最大的有两米见方，最小的肉眼勉强可见。小杰扑上去，率先研究了最小的设备。他说："真的很大。"

　　我努力眯缝着眼，才能看清这只很大的微型蹦床。这又不是写诗，搞什么不对称呢？

　　"不需要借助显微镜就能看到，真的很大。"小杰再次说道，就像收藏家无意中发现了绝世的孤本。

　　"你很懂啊！"雪人23号对小杰的反应非常满意，随后他告诉了小杰具体数值。

　　这是一种英雄所见略同的惺惺相惜，否则他不会跟我们解释原理。这张芯片由氮化硅制成，中间是一面高反射率的镜子。芯片上部件的一次晃动可以使膜振动数分钟，就像推秋千时，只需一次推动，秋千就会来回摇晃很久。雪人23号介绍，他们给膜施加了 6GPa 的压强，这个压强是自行车胎压的一万倍，这张膜的厚度仅仅是 DNA 宽度的 8 倍。

　　"这是一个非常完美的振子！"小杰不时地赞叹一声。

　　利用激光可让膜进入量子叠加态，以两种不同的振幅振荡。从理论上来说，进入量子叠加态的膜可以成为一个交通工具，加载其上的乘客，便可以进入量子态。他们的实验对象由小到大，最后的目标是成年人。

　　"最小的是细菌吗？"小杰问道。

　　"是水熊虫。"雪人23号说完指着另外一个设备，"这个大小适合一只猫。"

"你们到底想干什么？"高赛挟制住雪人23号，想让他如实交代。按照我接触到的其他文学或者影视作品，反派头目往往狡黠而执着，作风一点儿不输正面人物，他们对于恶的执念有时甚至超过所谓好人对于善的追逐。可是，雪人23号没有按常理出牌，高赛没有用长篇大论或者皮肉折磨，他就一吐为快，把前前后后的铺垫和目的陈列在我们面前。他侃侃而谈，就像一位老师，我们则是求知若渴的学生。高赛想知道恐怖袭击的来龙去脉，我只关心史婧的下落。史婧变成量子态被他彻底坐实，一开始高赛就给我灌输这个观点，我仍然无法全盘接受，这个学科对我来说过于陌生，甚至显得不那么科学。一个人怎么可能既死又活，成为一团概率云，无处不在？从雪人23号的嘴里说出来，我便没有退路了。毕竟，他们是始作俑者。史婧量子态是整个计划最重要的一环，但这仅仅是开始，是一声发令枪。我没有心思聆听他引以为傲的布局，但迫于他不时提到史婧，我只好从头到尾认真地听下来。

　　让我和小杰大跌眼镜的是，自由意志真实存在。不管我们相信与否，在量子领域，自由意志发挥着重要作用。最初，他们把非生物送到量子领域，它们一旦遭遇观察者，便会很快坍缩为实物。第一个进入量子领域的生物是水熊虫，然后逐次放大，细菌、蚂蚁、昆虫、老鼠……这些是分水岭，自此以后的生物都能短暂或长久地保持量子态，不受观察者影响。

"你们的目标到底是什么？"高赛不像刚开始那么大声了，反而有点像是乞讨。我不知道这是他的策略，还是被逼无奈，总之奏效了。

"我们的目标是'灰城'。"雪人23号说。

"怎么可能？"小杰说。

"怎么不可能？"

"你们知道'灰城'在哪儿吗？"

"无处不在！"

史婧是最合适的人选，她对数字的敏锐感知力无人匹敌，但她曾想过放弃。时间来不及了，他们只有一次机会，成功成仁，在此一举。最多，史婧为理想放弃个人私欲。所谓个人私欲就是我吗？她是爱我的，她在乎我，我的存在让她动摇了。稻草人也有春天。

诗集的掉落是个意外，史婧没有按照计划行事，量子态之后第一件事就是跑回来看我，却无意中被一个弱观察者发现，她当时还不熟悉这种存在方式，就像入室盗窃被人抓了现行，匆忙离开，仓促中落下那本书。所以书坍缩了。他们知道，警方一旦找到这本书，就能破解密文，攻陷"灰城"的计划约等于泄露，于是将计就计，让警方以为他们只是通过"灰城"交易制造量子计算机的元件，把目标误导至城邦电力网络。电厂、机器装备和挖掘机属于同一母公司，机器设备公司生产的制冷装置大部分提供给墨城各大发电厂，但同时也为存储"灰城"的计算机提供服务。这才是他们的真正目标。通过追踪这批制冷装置，他们发现其中数台被墨城航天局购买，搭乘宇宙飞船送达太空，停泊在一座废弃的空间站。政府在那里藏匿着一个超大机组，用来存储整座"灰城"，数据源源不断地补充过去，每天都会产生新的问题。为安全起见，"灰城"的数据传输采用最先进的量子加密技术，某种意义上，只有量子计算机才能破解。这是万无一失的天堑。

"可是，你们根本没有建造量子计算机。"小杰问道。言下之意，他们不可能攻破量子加密技术。

"没错，硬件设备要求太高。"雪人 23 号说，"但是我们发现了其他方法。"

与此同时，高赛接到上面指示，行动结束。他失魂落魄地听完，颓然地坐在地上。他抓捕恐怖分子的行动取得圆满成功，但是没能遏制他们发起的恐怖袭击。

"发生了什么事？"小杰问道。

"'灰城'被攻陷了。"

"生命诚可贵，爱情价更高。若为自由故，二者皆可抛。"雪人23号被押进警艇，迎接他的将是审判和刑罚。离开之前，他振声朗读道，"每次聚会结束，雪人53号就会背诵这首诗。我一直以为是你写的，写得不错，前几天才知道这句诗出自一位匈牙利诗人。"

"她真的很喜欢你写的诗，每一首都倒背如流。也是她建议使用你的诗集作为密文模板。不过别得意，我们大部分人对这些遣词造句没有感觉，只是看重你的诗集没有什么流通性而已。但我们都知道，她对稻草人动心了。"

47

一切都结束了。

我始终没有见到史婧。

灵船只在葬礼时使用，日常的探视殡葬公司会提供飞艇。我再次来到没有开放的灵堂，值守警方给了我特别通行权。我独自来到那座高塔。这里没有安装电梯，许是担心破坏意境。史婧的骨灰在第十七层，她泉下有知一定很欣慰，这是个质数。自从那晚发现她的头发，我每天都期待她再次现身，我真的很想再见她一面，我想捧起她的长发，想听她叫我诗人。她离开以后，我再也没有写诗。

"莫说一千年前，就算是一百年前，谁能想到死后会升天？"不用回头，我就知道是高赛。

"请别在这里谈论公事。"

"那好吧，你什么时候想听了，我再告诉你史婧的下落。"

"她在哪儿？"我猛地抓住他的衣领，像只暴怒的野兽。

"现在想听了？"

"她在哪儿？"我松开了手。

"自始至终，她都是那个不稳定因子，我一直觉得她才是关键，所以盯紧你。事实证明我做对了。"高赛咳嗽一声，"'灰城'就是一颗定时炸弹，没人知道'质数的孤独'把'灰城'藏在哪里，但我相信小杰一定能够查到。只要'灰城'被他们掌握，就能形成震慑。他们想敲响警钟，说这个叫什么剑。"

"达摩克利斯之剑。"

"对，就是达摩的剑。你们写诗的还真是学识渊博。"我看着他，没有发问。他回看我一眼，没等到我的提问，似乎有些惊讶，"自从互联网诞生，以美国国家安全局为首，世界各地情报机构都在争相存储数量庞大的、来自互联网的加密数据。这些数据堆积在一起，组成'深渊'。互联网时代，每个城市都有属于它的'深渊'，墨城的'深渊'即是'灰城'。这是墨城不为人知的一面，从某个方面来说，是墨城的秘密，也是墨城的本质。这是每个人心向往又避之不及的所在。以当下的手段无法破解这些数据，他们的目的很简单，等待将来量子计算机发明成功，对'灰城'进行开采。'质数的孤独'没有研发出量子计算机，但他们偷走了'灰城'，一比特都没剩。问题来了，'灰城'是最早使用量子加密技术保护的数据，他们不可能破解和盗取。直到小杰追踪到失窃线路，才后知后觉。"高赛暂时停下来，"没事，你有什么问题随时开口，反正案子已经结了，我有的是时间。"

"史婧在哪儿？"

"哈，我就知道你要问这个。他们并没有研发出量子计算机，而是另辟蹊径。通常来说，现有的量子加密技术绝对安全。我说不清楚，你自己看吧。"高赛掏出手机，拇指一滑，信息窗口弹到空中一台可透视的机柜中，各个配件的名字标注其上。内设一支激光二极管，发出的光脉冲对准一枚玻璃滤光器，后者吸收了几乎所有光子，平均一次只允许单个光子通过。这些单光子的偏振状态被调整为两个方向中的一个，分别对应比特值 1 或 0。光子通过滤波和偏振调制成为密钥的载体，借助光缆传送到指定的接收方，对光子的偏振方向进行测量，即可将密钥解码。

　　"小杰告诉我，任何试图截取光子的窃听行为都会干扰光子，使其状态发生改变。"高赛总结道，"如果检测到窃听，就抛弃原有密钥，重新发送。然而，由于光纤对光子的吸收效应，随着通信距离拉长，信号质量就会下降。为解决这个问题，研究人员发明了一种可以接收和重发量子信号的中继器，称之为'可信节点'。所有'可信节点'都放置在隔离、密封的单元，如果有人试图攻入节点，内部设备就会停止工作，同时删除自身数据。'可信节点'成为量子加密技术的又一重保障。为防止人为破坏，通信部的天才们把'可信节点'都投放到高空。这座灵堂上方就有一个。

　　"就在我们的人都去保护电网的时候，'质数的孤独'偷偷地侵入这个'可信节点'。小杰发现有人用光学设备接入节点中的量子密码通信线路，通过激光脉冲暂时致盲加密设备的单光子探测器。但原则上，他们仍然无法盗取密码，只要他们观测，光子的偏振状态就会改变。不过，这个定律对你老婆无效，她处于量子态。这才是她的最终目的，量子态的她可以观测到原子层面，可以看见偏振光子。她记录下每一个光子发出时的状态，拼出每一个光子的比特值，用她的量子大脑，计算出一个超级大数！

"我们根据这个暴露的'可信节点'确认那个光学设备就在灵堂。我一路找来，跟你不期而遇。看见你，我马上就明白了。"高赛盯着史婧的骨灰盒，确信里面窝藏着危害公共安全的作案工具，"按照规定，我得带走。"

至此，我连史婧留存在人世间的最后一点儿证据也失去了。

"你还没告诉我史婧在哪里？"

"就在那里，在'灰城'，她成了首位也是唯一的居民。"

"'灰城'在哪儿？"

"'灰城'不是一座城，它无处不在。"我知道它指的是"灰城"，我却听成了她，"再见了，诗人。相识一场，你就没什么想对我说的吗？"

"有件事我一直没跟你说。"他睁大眼睛望着我，"《长恨歌》的作者是白居易。"

53

　　我打开史婧生日那天准备的红酒，有意把自己灌醉。

　　我迷迷糊糊，忽而清醒，忽而醉倒。这让我想起了量子态的史婧。我处于似醉似醒之间，跟或生或死感觉雷同。我真的想见她一面，哪怕付出生命的代价。为什么那个玩濒死游戏的人能看到她，我却不行？濒死游戏，这启发了我。我早该想到的。说不清脑子里当时在想什么，我只是机械性地摸到一根皮带，系在吊灯上，把头探了进去。

　　2，3，5，7，11，13，17，19，23，29，31，37，41，43，47，53……

　　我只想再见她一面，一面而已。

　　"喵呜。"我听见一声猫叫，但我不确定是家里的猫，还是那些被他们量子化的可怜虫。

　　"喵呜。"又是一声。

　　史婧知道自己的命运，义无反顾也好，留恋人间也好，她最后都走上了那条不归路。如果雪人 23 号所言不虚，量子态的人仍拥有自由意志，而且自由意志成为决定一个人状态的因素，那么既然史婧已经完成了任务，她为什么不坍缩？还是说，她早已决定如此？既然如此，为什么还要重新收养一只黑猫，难道只是掩人耳目吗？就像跟我结婚一样。警察知道这个组织的成员崇尚单身，他们反其道而行，利用婚姻作掩护。不，我想不是，她这么做是希望我不那么孤独啊。

如果我死了，孤独的将会是这只猫。它没有野外求生能力，甚至连捕鼠天性都已丧失，没有我，它该怎么活？

"喵呜。"它饿了。

我想活下来，但是双手已经失去解开自己的力气。

我的眼皮沉重地合上，世界只剩一线。

我以为我死了。

这时，我听见一阵门响，随即我的双腿被人紧紧地箍住，有人施加了一个向上的力，我便从绳子里逃离出来。拯救我的是小杰，"就在刚刚，'灰城'开放了。"他说。

59

我喂饱猫，坐在沙发上走神。

我尝试着抚摸它毛茸茸的脊背，它不再躲闪，我顺势把它捞起来，放在腿上，它也没有挣扎。我一直以为它不喜欢我，跟我相依为命只是迫于不想做一只吃了上顿没有下顿的流浪猫。"喵呜。"猫蜷在我腿上睡去了。我不忍打扰它，靠着沙发休息。过去一年，我早就把客厅册封为主卧。不知过了多久，我醒过来，猫不见了。我四下找寻，最后来到游戏间。我看见那只 Vision，理所当然地我拿起它戴上。

我身处一片麦田，远处夕阳正在缓缓地坠落，麦田旁边有一间高高的粮仓。我走到近前，被两扇木门阻拦，提示我需要解开一个大数的质数因子方能访问。数字是 411302715452203，我立刻写出两个质因子，分别是20270501 和 20290703，我们的生日。

大门向两边滑开，我看见了坐在里面的史婧。

"欢迎来到'灰城'，诗人。"